L’enfant d’un amant

MAISEY YATES

L'enfant d'un amant

Traduction française de
ERWAN LARHER

AZUR

HARLEQUIN

Collection : Azur

Titre original :
THE ITALIAN'S PREGNANT ENEMY

HARPERCOLLINS FRANCE
83-85, boulevard Vincent-Auriol, 75646 PARIS CEDEX 13
Service Clients — www.harlequin.fr
ISBN 978-2-2805-1303-6 — ISSN 0993-4448

Édité par HarperCollins France.
Composition et mise en pages Nord Compo.
Imprimé en décembre 2024 par CPI Black Print (Barcelone)
en utilisant 100% d'électricité renouvelable.
Dépôt légal : janvier 2025.

FSC www.fsc.org MIXTE
Papier issu de sources responsables
FSC® C159065

Pour limiter l'empreinte environnementale de ses livres, HarperCollins France s'engage à n'utiliser que du papier fabriqué à partir de bois provenant de forêts gérées durablement et de manière responsable.

1

Lyssia avait un plan. Les bottes roses et la lingerie très osée qu'elle portait en faisaient partie. Les bottes lui seraient utiles dans le froid des Alpes suisses. Les sous-vêtements lui seraient utiles pour que sa relation avec Carter Westfield franchisse un nouveau palier.

Le nouvel assistant de son père était incroyablement craquant. Bienveillant, à l'écoute, équilibré, adorable et tellement mignon ! Jamais un homme ne lui avait fait perdre la tête. Pas une seule fois. Mais Carter...

Le fait que son père les ait missionnés pour faire un audit du luxueux complexe hôtelier qu'il possédait au bord des pistes de ski tombait à pic. Et d'ici quelques minutes, une voiture allait la conduire au chalet qu'elle allait partager avec Carter...

Au-delà de sa stratégie de séduction, elle était ravie que son père l'implique dans l'entreprise. Elle se trouvait à un carrefour étrange de sa vie professionnelle. Elle devait décider ce qu'elle ferait de sa propre entreprise, ce qu'elle ferait si elle en venait à la fermer, et elle avait finalement demandé à son père s'il y avait une place pour elle chez Anderson Luxury Brand – elle y avait effectué un stage, après tout. Il l'avait écoutée. Il lui avait dit qu'il apprécierait son avis sur l'état général de sa station de ski suisse, ce qui était presque aussi excitant que la perspective de coucher avec Carter.

Elle commençait à avoir le sentiment désagréable de stagner, et elle avait une conscience aiguë du temps qui passait. Sa mère était morte avant d'avoir trente ans, Lyssia savait donc que la vie était courte.

En avant !

Elle ferma sa parka et sortit du bâtiment d'accueil. Aussitôt, un vent glacé lui mordit la peau. Elle lutta pour ne pas crier – inutile de débuter son séjour ici en passant pour une petite chose fragile aux yeux des gens du cru.

On la considérait déjà comme une héritière. Une « fille de ». Elle figurait régulièrement sur des listes en ligne du genre : *Les vingt-cinq « filles de » qui doivent tout à papa.* Ce qui était un peu injuste, car l'empire paternel des vacances de luxe ne lui reviendrait même pas, raison pour laquelle elle avait créé trois ans auparavant sa propre entreprise. Ce qui l'avait amenée à figurer sur d'autres types de listes encore plus méchantes comme : *Les « filles de » incompétentes qui dilapident l'argent de papa.*

Elle se souvenait mot pour mot de la présentation qu'avait faite d'elle l'un de ces sites Internet qui critiquaient sans relâche les célébrités :

> Lyssia Anderson, fille de Nathan Anderson, le P-DG d'Anderson Luxury Brand, dirige une minuscule entreprise de décoration d'intérieur et vend des meubles et des bibelots qui n'intéressent personne.
>
> On peut se demander ce qu'une petite fille riche qui a grandi avec un poney et une piscine intérieure sait de ce que les gens normaux veulent dans leur maison. L'un de ses canapés roses, dont le revêtement est, paraît-il, fabriqué à la demande dans un tissu exceptionnel, coûte plus de dix mille dollars.

Pas très étonnant que son entreprise ne fasse pas fureur, si ?…

Elle avait créé sa propre entreprise, qui était devenue une source de moquerie et de déception, mais si elle n'avait rien fait de ses dix doigts, elle serait une simple sangsue, et si elle travaillait pour son père, elle serait une sorte de profiteuse intégrée à sa dynastie.

Ce n'était pas comme si elle était à la traîne puisqu'elle n'avait que vingt-trois ans. Son entreprise était solvable. Mais les gens s'attendaient à ce qu'elle réussisse *vraiment*, pour ensuite pouvoir dire qu'elle ne méritait pas ce succès, qu'elle ne le devait pas qu'à ses seuls talents. Et tant qu'elle ne crèverait pas le plafond, ils continueraient à ricaner en affirmant qu'elle gâchait sa vie dans un cadre privilégié. C'était facile de critiquer les tentatives des autres quand soi-même on ne construisait rien. Elle, au moins, elle essayait.

Le problème était que ses détracteurs avaient peut-être raison. Son entreprise ne s'était pas beaucoup développée, malgré l'appui du nom de son père. Elle était bien obligée de se demander si elle n'était pas tout simplement trop nulle.

D'ailleurs, son père semblait le penser, puisqu'elle n'avait jamais été l'héritière potentielle de son empire, bien qu'elle soit fille unique.

Car il y avait Dario.

Une sensation de brûlure la traversa tandis qu'elle pensait à lui. Dario Rivelli était l'opposé d'un « fils de ». Il était parti de rien et, à l'âge de vingt ans, alors qu'il commençait à faire parler de lui dans le monde des affaires, le père de Lyssia l'avait pris sous son aile.

Ensuite, Dario s'était mis à son compte et avait pris d'assaut le secteur de l'habitat écologique, avec des techniques de construction novatrices qui l'avaient révolutionné. Puis il s'était lancé dans l'écotourisme, ce qui l'avait ramené dans la vie de son père. Et ce dernier lui avait tout promis, ne manquant jamais d'affirmer que Dario Rivelli représentait l'avenir. Il avait toujours traité Dario comme une sorte de demi-dieu. Ou peut-être simplement comme le fils dont il avait toujours rêvé, et que la mort de sa femme l'avait empêché d'avoir. Il était alors devenu fou de chagrin, incapable d'assumer son rôle de père, incapable de gérer les émotions de Lyssia ; lorsqu'il avait commencé à reprendre le dessus, Dario était apparu, grand, beau et bronzé. Lyssia avait douze ans.

Elle n'avait jamais considéré Dario comme un concurrent. Tout d'abord parce qu'il était déjà adulte et qu'elle n'était alors qu'une adolescente, ensuite parce qu'elle était jalouse de lui, enfin parce que son regard noir lui avait toujours donné l'impression que quelque chose en elle était détraqué.

Dario était peut-être comme un fils pour son père, mais il n'était pas comme un frère pour elle. À la décharge du bel Italien, elle prenait un malin plaisir à l'irriter, à l'exaspérer et à refuser de se laisser impressionner par lui. Dario semblait s'enorgueillir de ses compétences en matière de gestion des personnes. En conséquence, Lyssia refusait d'être gérable en sa présence.

Lorsqu'elle avait fait son stage chez Anderson Luxury Brand après avoir obtenu son diplôme de fin d'études secondaires, elle servait d'assistante à Dario lorsque celui-ci travaillait dans leurs locaux. Elle l'avait observé travailler et avait noté qu'il excellait à déchiffrer les pensées et les personnalités de ses interlocuteurs, ce qui lui permettait de savoir exactement comment se comporter avec eux. Or Lyssia refusait qu'il puisse lire en elle. Alors elle avait joué un rôle, tantôt surexcitée, tantôt placide, parfois cinglante et d'autres fois se faisant passer pour une cruche. Dario n'avait jamais pu savoir si elle jouait avec lui, si elle était vraiment incompétente ou non, si elle était maligne ou idiote. Son attitude l'avait rendu fou, pour le plus grand plaisir de Lyssia.

Bien sûr, avec le recul, elle se rendait compte que cela l'avait plutôt desservie. Si vous vous comportez de manière frivole et désinvolte un peu trop longtemps, les gens finissent par croire que vous l'êtes vraiment.

Lyssia secoua la tête et se concentra sur le présent. Elle essaya de voir si le véhicule qui devait la conduire au chalet approchait. Le ciel était d'un bleu immaculé, mais une bande de nuages menaçants gris foncé se profilait au-dessus des montagnes. Le temps allait-il tourner ?

Enfin, une Land Rover noire et élégante s'arrêta à sa hauteur. Le chauffeur en descendit, lui ouvrit la portière et chargea ses bagages dans le coffre. Lorsqu'il reprit sa place au volant, Lyssia le remercia.

Elle se demandait si Carter s'attendait à ce qu'elle lui propose de passer à l'étape suivante. Ils s'étaient embrassés. Seulement deux fois, mais quand même. Elle n'avait pas beaucoup d'expérience avec les hommes, mais elle était suffisamment avertie pour savoir que personne n'en restait là après un baiser.

Avec aucun homme elle ne s'était déjà trouvée dans la position d'être certaine de vouloir avoir des relations sexuelles, alors elle n'en avait jamais eu. Pourtant, elle voulait faire l'amour avec Carter. Il la faisait se sentir brûlante, remarquable, et il la rendait heureuse. Il lui permettait de se sentir bien dans sa peau, et c'était ce qu'elle recherchait. Avec lui, tout semblait facile.

Toute la journée, elle avait lutté contre la tentation de lui envoyer un texto en se répétant qu'il fallait rester cool, laisser les choses se faire. Maintenant, alors que la voiture approchait du chalet, ses paumes devenaient moites. Seigneur… Qui avait envie de se faire draguer par une femme aux mains moites ?

Au moment où Lyssia se disait qu'elle devrait peut-être enlever ses moufles, le chauffeur s'arrêta. Il l'aida à sortir du 4x4 et porta ses bagages devant la porte du chalet.

Une poussée d'adrénaline pure inonda ses veines. Elle allait le faire. Elle ne patienterait même pas jusqu'à la tombée de la nuit. Le cœur battant, elle franchit le seuil du chalet, s'attendant à trouver Carter assis face à son ordinateur portable. Il n'était pas dans le grand salon. Ni dans la cuisine. Elle n'y repéra ni cafetière à piston ni mousseur à lait, les deux ustensiles qu'il gardait toujours à portée de main dans son bureau de Manhattan.

Elle pourrait aller se déshabiller pour l'accueillir en sous-vêtements... Cette idée la fit rire à gorge déployée dans la maison vide. Non. Elle avait malgré tout des limites, même si cette pensée l'excitait un peu – et elle ne détestait pas cela.

Elle retourna à la porte du chalet et traîna ses sacs à l'intérieur. Elle décida de les monter à l'étage. Elle ne voyait pas l'intérêt de voyager léger, sauf dans des moments comme celui-ci, lorsqu'il n'y avait personne pour l'aider à porter des bagages. Elle se saisit de son gros sac et entreprit de le traîner dans l'escalier, qui était raide. Elle se débattit, grogna et produisit toutes sortes de sons très peu élégants, mais elle parvint finalement à le hisser en haut des marches.

Puis elle descendit l'escalier, attrapa sa valise et monta trois marches, puis une quatrième.

— Un problème, *cara* ?

Lyssia poussa un cri et lâcha sa valise, qui glissa comme un traîneau sur une pente enneigée, heurta le beau plancher de bois gris et s'ouvrit, répandant de la lingerie partout au sol.

Puis elle leva la tête, et son regard croisa celui de...

Non !

Son cœur battait rapidement. Elle avait l'impression d'être une souris acculée dans un coin par un matou affamé. Pourtant, elle n'avait pas peur de Dario Rivelli, si ?

— Que... comment... qu'est-ce que tu fais ici ? bredouilla-t-elle.

Elle se sentait aussi défaite et en vrac que sa valise qui gisait au bas des marches. Elle nota que Dario avait les yeux posés sur ses sous-vêtements, spécialement choisis pour séduire Carter... Il tenait une tasse de café à la main. Les manches de sa chemise blanche étaient remontées jusqu'aux coudes. La grosse montre qu'il portait au poignet faisait ressortir les muscles de ses avant-bras. Ses épaules étaient larges et ses pectoraux puissants mis en valeur par la coupe cintrée de la chemise blanche. La matière et la forme de son pantalon sombre soulignaient la musculature de ses cuisses et moulaient la bosse de son...

Oh ! Mon Dieu !

Les joues en feu, Lyssia força son regard à revenir sur le visage de Dario, qui avait reporté son attention sur elle. Il arborait une expression presque narquoise. Dans ses yeux sombres dansait l'habituelle lueur d'humour moqueur. Mâchoire carrée, nez droit, lèvres gourmandes : son visage était d'une sublime virilité.

Lyssia se ressaisit et redescendit très lentement l'escalier.

— Depuis combien de temps es-tu là ?

— Quelques minutes.

— Et tu n'as pas pensé à te manifester ? Ou à m'aider ?

Il leva un sourcil.

— Je suis féministe, *cara*. Je ne supposerais jamais que tu as besoin d'aide si tu ne me le demandes pas...

Elle faillit éclater de rire. Féministe ? Et puis quoi, encore ! Toutefois, elle garda le menton relevé et le corps droit, refusant de lui donner le plaisir de réagir à sa pique.

— Peut-être qu'une fois que j'aurai refermé cette valise, tu pourras m'aider.

Il descendit à son tour et effleura du bout de son pied nu une de ses chemises de nuit en dentelle. On aurait dit qu'il cherchait un signe de vie chez un petit animal inerte. Lyssia songea que la seule chose qui risquait de mourir ici, c'était sa fierté.

Elle s'agenouilla et commença à fourrer ses affaires dans sa valise. Dario la regardait faire, sirotant son café comme s'il avait tout son temps, comme s'il n'était pas un milliardaire très occupé. D'ailleurs, pourquoi était-il ici ?

— Tu veux de l'aide, maintenant ? demanda-t-il dès qu'elle eut refermé la valise.

— Si cela ne te dérange pas, maugréa-t-elle.

— Pas du tout. Je suis à ton service, Lyssia.

Il souleva la valise comme si elle était vide et, son café dans l'autre main, la porta en haut de l'escalier.

— Quand pars-tu ? demanda-t-elle, en prenant garde à ne pas sembler trop impatiente.

Il s'arrêta devant une porte et déposa la valise. Lyssia supposa que c'était sa chambre.

— Je viens d'arriver.

— Quoi ? s'exclama-t-elle.

— Je suis ici pour inspecter le domaine. À la demande de ton père.

— Mais... je... Carter et moi étions censés...

— Ton père voulait quelqu'un de plus expérimenté, la coupa-t-il. Je me suis proposé.

Conclusion : aux yeux de son propre père, elle n'était pas assez qualifiée pour ce travail. L'opinion de Dario, qui ne travaillait même plus pour le groupe Anderson, était plus importante. Parce qu'il était sur le point d'acheter ce complexe touristique – en vérité, une sorte d'héritage déguisé ?

Lyssia voyait seulement l'humiliation causée par la décision de son père, et le fait que Dario allait loger dans le même chalet que Carter et elle, tel un grand chaperon qui prenait beaucoup de place. Car le vrai problème ne serait pas vraiment que Dario serait là pour les superviser, mais que chaque fois qu'ils se trouvaient dans la même pièce, ce diable d'Italien réveillait le monstre sauvage qui sommeillait en elle. Elle passerait toute la semaine à se chicaner avec lui, à lui chercher des noises, à tenter de chasser de son visage cet air blasé et indifférent jusqu'à ce qu'elle remporte sa victoire. Elle en oublierait même d'embrasser Carter, sans parler de le mettre dans son lit...

Non !

Non, elle ne laisserait pas cela se produire. Dario ne serait pas un obstacle. Ils avaient leur propre... truc, peu importait ce que c'était. Cela n'avait rien à voir avec ce qui se tramait entre Carter et elle. D'ailleurs, ils pourraient trouver un autre chalet, non ?

— Tu sais quand Carter arrive ? demanda-t-elle le plus ingénument du monde.

— Il ne viendra pas. C'est un problème pour toi, *cara* ?

Lyssia eut l'impression qu'un trou noir s'ouvrait sous ses pieds. Pourtant, il refusait de l'engloutir. Quel était l'intérêt d'un trou noir s'il ne vous engloutissait pas lorsque vous étiez confrontée au pire scénario possible ?

— Arrête de m'appeler *cara* ! s'emporta-t-elle. Tu ne m'apprécies même pas.

— C'est de l'ironie. Tu as aussi un problème avec l'ironie ?

— Féministe et humoriste : le monde a vraiment de chance de t'avoir ! railla Lyssia.

Et voilà, c'est reparti pour un tour ! songea-t-elle, dépitée. Dario et elle semblaient avoir un besoin viscéral de se chercher des poux, et cela allait crescendo tant que l'un des deux n'avait pas rendu les armes. Cela lui faisait tout oublier, tout le monde, et souvent le point de départ de la discussion. Comme si l'univers s'écroulait et qu'il ne restait plus qu'eux deux.

— Certains vont jusqu'à affirmer que je synthétise en un seul homme tout ce dont le monde a besoin. Je suis apparu spontanément quand il était dans ses heures les plus sombres. Et me voici !

Quelqu'un qui ne connaissait pas Dario aurait pu penser qu'il croyait vraiment ce qu'il disait tant il avait gardé un imperturbable sérieux. Lyssia répliqua sur le même ton :

— L'Antéchrist venu annoncer la fin des temps ?

— Pourtant, je n'ai vu aucun nuage de sauterelles.

— Les sauterelles sont réputées pour craindre la neige et le froid, non ?

Ils se défiaient du regard, plantés dans le couloir à moins d'un mètre l'un de l'autre. Lyssia avait la gorge serrée. Il lui était difficile de respirer tant elle détestait cet homme. Elle le détestait du fond du cœur, de toute son âme. Depuis toujours, et cela ne changerait jamais. Car au cours des deux années qui venaient de s'écouler, le caractère de Dario avait empiré. Il était devenu encore plus arrogant.

— Je vais porter ta valise jusque dans ta chambre, déclara-t-il. Je sais que tu es habituée à ce que l'on s'occupe de tout pour toi.

Voilà, c'était typique de Dario. On aurait pu croire qu'il était galant et gentil, puis il balançait une réflexion méchante.

— Tu peux parler ! ricana-t-elle. À mon avis, tu me bats à plate couture sur ce plan-là !

Cela faisait probablement des années que le grand Dario Rivelli ne s'occupait plus de rien et déléguait tout ; il avait à n'en pas douter un chauffeur, un jardinier, un cuisinier, un majordome pour lui brosser les dents, une ou plusieurs femmes pour...

Reprends-toi, Lyssia ! se sermonna-t-elle. *Ne t'engage pas sur ce terrain glissant.*

Elle savait très bien ce que les femmes pensaient de Dario. S'il assistait à un événement mondain, on pouvait être certain de voir à son bras une femme raffinée et sublime – mannequin, actrice, influenceuse ou jeune beauté de la haute société. Il n'avait aucun mal à attirer le genre de femme qui semble à l'aise sans effort, sûre d'elle et née pour porter de la haute couture.

Au lieu de poursuivre leur joute verbale, Dario ouvrit la porte de la chambre et y entra avec sa valise et son gros sac. Lyssia le suivit à l'intérieur.

Là, elle réalisa immédiatement son erreur.

L'électricité qui avait grésillé entre eux dans le couloir – l'énergie de la haine, de la jalousie, du ressentiment, de la colère – semblait avoir subitement gagné en intensité. Elle crépitait, à présent, rendant impossible toute réflexion, toute attitude simplement *normale*.

Jamais Lyssia n'avait ressenti une telle oppression, comme si elle était prisonnière de l'aura de Dario.

Il se contentait de la regarder. Les lignes de son visage ciselé semblaient plus prononcées tout à coup. Il paraissait plus grand. Plus large.

Plus proche.

— Tout va bien, *cara* ?

— Oui, dit-elle, la gorge nouée.

Lyssia n'avait même plus envie de le piquer. Elle voulait juste qu'il sorte de son espace. Ou s'enfuir. Hélas ! cette dernière option n'était pas envisageable. Elle allait remplir sa mission, car même si elle avait envie de rentrer à Manhattan pour conclure avec Carter, elle ne pouvait pas laisser penser à son père qu'elle faisait passer sa vie personnelle avant son travail. Si elle voulait sortir de la médiocrité, elle devait rester. Même si envoyer Dario pour la superviser était un affront.

— Merci, Dario, dit-elle sèchement, afin de l'inciter à sortir.

Un demi-sourire narquois étira ses lèvres.

— Tu sais bien que je ferais n'importe quoi pour toi, *cara*.

Il avait insisté sur le petit mot affectueux. Il ne pouvait pas s'empêcher de se moquer d'elle. Lyssia choisit de ne pas répondre. Après quelques instants qui lui parurent une éternité, il quitta enfin la pièce.

La chambre était magnifique. De grandes baies vitrées laissaient entrer une lumière pure, et la vue sur les montagnes et les champs de neige d'un blanc éclatant était apaisante.

Le lit était moderne, bas, posé sur une estrade, recouvert d'un couvre-lit blanc. À côté d'une cheminée en verre, sur le parquet de bois blond, était posée une peau de renne blanche.

Lyssia enleva ses chaussures et soupira d'aise. Le chauffage au sol lui procura aussitôt une délicieuse sensation de bien-être. La salle de bains était ravissante, avec une grande baignoire blanche et profonde – idéale pour prendre un bain avec Carter, songea-t-elle.

La scène romantique qu'elle avait en tête lui paraissait cruelle, puisqu'elle ne se produirait pas. Elle s'imaginait assise avec lui dans la baignoire, en train de siroter du champagne au milieu d'un océan de mousse. Ils parlaient de la journée qu'ils avaient passée et c'était… doux.

Elle fronça les sourcils. Soudain, son cerveau s'était emballé et l'image romantique de Carter et elle s'était déchirée en deux. Et derrière cette image déchirée, il y avait… Dario ! Pas de champagne, pas de sourires complices, pas de mousse, seulement Dario nu dans l'eau, son large torse musclé couvert de poils sombres. Son regard était intense, presque furieux.

— Non ! cria Lyssia en s'éloignant d'un bond de la baignoire vide.

Bon sang ! qu'est-ce qui n'allait pas, chez elle ?

Elle devait sortir de ce chalet. S'éloigner de Dario Rivelli. Cet homme était son ennemi. Rien de plus.

2

Lyssia Anderson était la plus belle des contrariétés, la plus excitante des complications.

Assis devant la cheminée de la vaste salle de séjour, Dario réfléchissait à la situation. Il n'aurait pas dû accepter la demande de Nathan, mais cet homme était ce qui se rapprochait le plus d'un père pour lui. Alors quand il lui demandait un service, Dario le lui rendait volontiers.

Il revit Lyssia, sa chevelure blonde en désordre, les yeux écarquillés, fixant d'un air épouvanté sa lingerie étalée au bas de l'escalier. Il retint le juron qui lui montait aux lèvres.

Le problème avec Lyssia, c'était qu'il avait l'impression de la connaître mieux qu'elle ne se connaissait elle-même. Elle pensait être constamment furieuse contre lui parce qu'elle le détestait. Elle le détestait peut-être, mais ce n'était pas la principale raison pour laquelle elle se hérissait comme un chaton en colère dès qu'il s'approchait d'elle. De dix ans son aîné et bien plus expérimenté, Dario savait que ce qui palpitait entre eux dans ces moments-là, même s'il la trouvait vraiment agaçante, même si elle le considérait comme un salaud arrogant, ce n'était pas seulement de la haine, mais du désir.

Et Lyssia n'en avait pas conscience.

Elle s'était imaginé passer un week-end torride avec le petit chien pathétique que Nathan avait engagé comme assistant personnel. Elle était manifestement éprise de lui ; uniquement parce qu'elle pouvait le contrôler facilement, selon lui. Car il n'était pas le genre d'homme dont elle avait besoin. Elle croyait le désirer, elle pourrait même s'amuser avec lui, mais Carter Westfield ne suffirait jamais à la satisfaire.

Il se demanda combien de temps il lui faudrait pour s'en rendre compte...

Il connaissait Lyssia depuis qu'elle était enfant. À cette époque, elle n'était pour lui qu'une petite créature qui courait partout dans la maison de Nathan lors de ses rares visites. Après la mort de sa mère, elle avait commencé à passer plus de temps dans les bureaux de son père. Adolescente maussade au sens de l'esthétique douteux, elle restait des heures durant vautrée sur le canapé du hall d'accueil ou traînait dans les étages – quand elle ne s'asseyait pas sur la chaise de bureau de son père pendant qu'il était en réunion.

À dix-huit ans, elle avait commencé un stage dans l'entreprise de son père. Dario avait alors été contraint d'interagir avec elle, même s'il ne travaillait plus chez Anderson Luxury. En fait, sa propre société, Rivelli Holdings, avait signé un contrat avec celle de Nathan. L'accord prévoyait le transfert progressif, sur une période de dix ans, d'Anderson Luxury vers Rivelli Holdings. Nathan et lui voulaient que la transmission se déroule en douceur et sans licenciements.

Que de chemin parcouru ! songea Dario.

Il avait passé les premières années de sa vie complètement démuni. Après le drame qui avait marqué le début de son adolescence, il avait compris qu'il avait deux solutions : se laisser mourir, ou se battre pour s'assurer qu'il ne serait plus jamais démuni. Il avait choisi la seconde solution.

Il avait quitté Rome et menti sur son âge pour obtenir un contrat sur un paquebot qui naviguait entre l'Europe et le continent américain. Il avait débarqué à Manhattan à l'âge de treize ans, en colère contre le monde entier, mais bien décidé à s'en sortir. Il s'était fondu dans New York, avait trouvé du travail et s'était forgé une nouvelle identité. Il avait trimé dans des cuisines, dans des restaurants, puis, enfin, dans des hôtels. Il était grand pour son âge, on trouvait qu'il avait une belle gueule et du charisme, alors il avait utilisé ces atouts à son avantage. Il était devenu expert dans l'art de comprendre les personnalités, d'imiter les manières et les façons de parler des gens huppés qu'il croisait. Il s'était débarrassé de son accent, tout en étant capable de sonner délicieusement étranger quand cela servait ses intérêts. Quand il avait commencé à travailler dans des palaces, il s'était cultivé et éduqué en parlant avec certains clients. Il avait appris à s'habiller et à se comporter comme un membre de la classe supérieure.

À l'âge de dix-sept ans, il avait trouvé un poste au Anderson's, un hôtel prestigieux situé sur la Cinquième Avenue. À dix-neuf ans, repéré par Nathan Anderson en personne, il en devenait le directeur. À vingt et un ans, il dirigeait tous les hôtels du groupe en Amérique du Nord. À vingt-quatre ans, il était le stratège d'Anderson Luxury Brand et avait développé la société de manière exponentielle. Sa réputation était faite, sa fortune aussi.

À vingt-cinq ans, avec la bénédiction de son mentor, il s'était mis à son compte. Il avait investi dans l'écotourisme et était devenu milliardaire avant son trentième anniversaire. Nathan lui avait alors demandé de l'aider à rendre ses villages de vacances aussi proches que possible de l'objectif « zéro émission ». Très vite germa en eux l'idée que Dario les reprenne.

Sa relation avec Nathan était ce qu'il avait connu de plus proche d'un lien familial. Avec lui, il était question d'héritage plus que de business. Ce n'était pas la valeur du legs qui comptait, mais la confiance entre eux. Une confiance et un lien qu'il ne tiendrait jamais pour acquis.

Cela signifiait que même s'il n'était plus un employé de Nathan Anderson, comme ils étaient en affaires, il était amené à croiser Lyssia. Souvent.

À l'époque où il avait un bureau dans l'immeuble du groupe Anderson, à Manhattan, Lyssia y effectuait un stage. Lorsqu'il était dans les murs, elle faisait office d'assistante pour lui. Il avait perdu le compte du nombre de cafés qu'elle lui avait apportés avec sa célèbre moue dédaigneuse. Elle avait la plus belle des bouches, rose pâle, avec une lèvre supérieure légèrement plus pulpeuse que la lèvre inférieure, un peu incurvée vers le bas aux commissures.

Lorsqu'elle se penchait au-dessus de son bureau pour lui tendre son café, elle sentait le soleil et une fragrance sucrée sans doute très onéreuse. Il avait vingt-huit ans à l'époque et, même si Lyssia était une adulte aux yeux de la loi, il n'avait aucune attirance pour les adolescentes.

Jusqu'au jour où, gobelet en main, elle avait trébuché. Heureusement, Dario était déjà debout. Il avait bondi vers elle et attrapé son avant-bras, empêchant Lyssia de tomber au sol la tête la première. Le café brûlant s'était renversé sur sa chemise. La jeune femme s'était figée. Puis elle avait levé les yeux vers lui, et sa moue boudeuse s'était progressivement transformée en sourire. Puis en rire, un rire clair et franc, musical, tandis qu'il la tenait entre ses bras.

Il l'avait remise sur ses pieds et avait eu le sentiment que la pièce pivotait sur son axe, car il avait vu Lyssia sous un autre angle, un nouveau jour, et il n'avait jamais pu se défaire de cette impression frappante. Et depuis cinq ans, il était captif de sa beauté. Alors que Lyssia Anderson était la seule femme au monde à ne pas le trouver charmant.

Même si cela avait été le cas, elle était la fille de son mentor, et il n'avait aucune envie de risquer de gâcher sa relation avec Nathan en flirtant avec sa fille.

Dario ne voulait ni mariage ni enfants. Lyssia voudrait certainement les deux. Et un golden retriever. En fait, elle désirait à coup sûr deux animaux de compagnie obéissants : un mari et un chien.

Il se leva de son fauteuil près de l'âtre et se dirigea vers la cuisine. Il sortit une marmite de soupe de légumes du réfrigérateur, puis la mit à chauffer. Il trouva une boule de pain, dont il se coupa quelques tranches généreuses. Ensuite, il sortit le beurrier. Ce serait un dîner simple, mais qui lui convenait parfaitement.

Il aimait le luxe, dont les excès ne manquaient jamais de lui rappeler que sa vie dans les rues était de plus en plus loin derrière lui. Mais il savait également apprécier un repas modeste, une soirée ordinaire.

Une fois la soupe chaude, il s'en servit un bol, qu'il apporta à la table près de la fenêtre. Il se perdit dans la contemplation du paysage baigné par le crépuscule ; la neige était d'un bleu éclatant. Dario apprécia la beauté du décor naturel, et surtout du silence. Il aimait le silence. À Rome, c'était une denrée rare, qu'un homme, même riche à millions, pouvait difficilement se payer. Alors un garçon qui vivait dans la rue... Oui, le silence était son plaisir favori.

— Dario ?

Dario tourna la tête et découvrit son petit problème blond, qui venait de gâcher son silence, debout dans l'embrasure de la porte. Ses cheveux étaient humides. Elle portait un T-shirt blanc qui lui tombait jusqu'aux genoux et un pantalon de survêtement.

— Il y a de quoi dîner ?

Elle s'était attendue à ce qu'il s'occupe du dîner, bien sûr, ce qu'il avait fait. Lyssia Anderson était une enfant gâtée, et il aurait juré qu'elle n'en avait pas vraiment conscience. Il se demandait si elle pourrait survivre cinq minutes toute seule, même dans un chalet haut de gamme.

— Oui. De la soupe et du pain. N'hésite pas à en profiter.

Il se dit qu'il devrait partir. Il resta assis.

Lyssia revint quelques instants plus tard avec un bol de soupe et une pile de pain sur une assiette. Elle s'assit à la table en face de lui. Elle avait l'air... déçue de le voir encore là.

— Tu es triste que ce ne soit pas ton petit ami à ma place ?

Les joues de la jeune femme rosirent.

— Carter n'est pas mon petit ami.

— Mais tu t'attendais à le retrouver ici et à séjourner avec lui.

— Oui.

— Il ne t'a pas informée du changement ?

Elle ouvrit la bouche, la referma, puis la rouvrit, tel un adorable petit poisson rouge.

— Eh bien, pour être juste envers lui, je pense qu'il ne savait pas que j'espérais plus qu'une semaine de travail.

Une chose étonnante à propos de Lyssia était qu'elle ne lui mentait jamais. Elle pouvait l'attaquer verbalement, se disputer, ergoter, ferrailler, mais elle ne mentait pas. Et il ne lui mentait pas non plus. Pourquoi ? Ils se rendaient fous l'un l'autre, toutefois, c'était comme s'ils n'avaient rien à se cacher, aucune réputation à préserver l'un vis-à-vis de l'autre. Se battre verbalement était plus amusant que de se construire une image, et ils semblaient tous deux avoir adopté cette tactique.

— Lui as-tu parlé ?

— Pas encore. Pas de texto non plus. On verra demain.

Intéressant, songea Dario. Il aurait pensé que deux jeunes amoureux contrariés se seraient rués sur leurs téléphones. À moins qu'ils ne soient pas encore amants... Dans ce cas,

Lyssia avait manifestement eu l'intention que cette semaine change les choses.

— Laisser une femme dans l'incertitude n'est pas très correct, affirma-t-il.

— Peut-être que les gens de ta génération ont besoin d'être en contact permanent.

Dario ne put s'empêcher de rire. *Sa* génération, alors qu'ils avaient dix ans d'écart.

— *Cara*, un homme qui veut une femme le fait clairement savoir, ce n'est pas une question de génération. S'il laisse planer le doute, c'est qu'il ne veut pas de toi.

— Tout d'abord, c'est très vieux jeu d'envisager ainsi les rapports entre hommes et femmes ; et ensuite, ce n'est pas vrai. La vie des gens ne tourne pas autour de leurs histoires de cœur. Ils ont souvent d'autres priorités. Carter a probablement eu une longue journée au bureau auprès de mon père, et maintenant il se repose.

— Lyssia, si une belle femme attendait mon appel, je l'appellerais. Ma priorité ne serait pas de me *reposer*, mais de l'épuiser. En plus, tout le monde sait combien le sommeil est réparateur après l'amour. Et un autre effet secondaire est que cela donne une belle peau aux femmes.

Il avait vu Lyssia ciller et détourner les yeux. Cela avait agi comme un électrochoc sur lui : il n'avait pu s'empêcher de pousser la provocation plus loin, même s'il savait que c'était un jeu dangereux.

— C'est ta façon de voir les choses, répliqua-t-elle. De nos jours, certaines personnes pourraient y voir une masculinité toxique.

— C'est toxique de penser à une femme à chaque seconde ? De la désirer en permanence ?

— Oui. Il n'est pas question de quelque chose d'aussi profond.

Il rit doucement.

— Pourquoi s'en préoccuper, dans ce cas ?

C'était une question malhonnête dans la mesure où aucune de ses relations n'avait été « profonde ». Il n'avait aucune idée de la manière dont Lyssia envisageait une relation. En fait, il n'avait aucune idée de qui elle était vraiment. Elle semblait considérer son confort de vie comme acquis, mais c'était également une femme émotive, passionnée et, à certains égards, pleine de compassion ; quand elle n'était pas cinglante, acerbe et sarcastique. Avec lui. Seulement avec lui.

— Tu as été endoctriné par la culture des contes de fées, affirma-t-elle. Empoisonné par les divertissements destinés aux enfants qui dépeignent des relations amoureuses romantiques qui se terminent toujours bien.

Dario ne prit pas la peine de lui demander ce qui l'autorisait à croire qu'il avait été exposé à de telles histoires.

— Oui, c'est mon talon d'Achille, je l'avoue : je suis un romantique à l'ancienne.

Il la fixait, le visage dénué de toute expression, la laissant se demander si c'était du lard ou du cochon. Elle fronça les sourcils.

— Tu... euh... vraiment ?

Lyssia pensait vraisemblablement qu'il n'avait pas le sens de l'humour.

— Je prépare mon mariage depuis que je suis tout petit.

— Je... ah bon ?

Il ne répondit pas. Elle paraissait perplexe, mais se ressaisit en changeant de sujet :

— Tu sais, ce n'est pas parce que tu ne comprends pas ma relation avec Carter qu'elle ne vaut rien.

— Heureusement que tu me le dis, car de l'extérieur, elle ne semble pas très... excitante. Et ce n'est pas parce que tu disposes d'une connexion Internet que tu es une experte.

— Je suis sans conteste une experte de ma liaison.

— Liaison ? répéta-t-il en grimaçant.

— C'est comme une relation, mais pas aussi contraignante.

— Oui, je sais, merci, soupira-t-il en levant les yeux au ciel. Bon sang ! Il vaut mieux entendre ça qu'être sourd.

— Et il n'est pas pire sourd que celui qui ne veut pas entendre, lui retourna-t-elle avant d'avaler une cuillérée de soupe.

— Très bien, je vais mettre les points sur les *i*, alors. J'essaie de faire comprendre à une gamine riche et gâtée pourquoi elle devrait s'estimer un peu plus, surtout compte tenu des atouts dont elle dispose.

— Tu crois qu'en étant avec Carter, je me dévalorise ?

— Exactement !

— Et tu crois que parmi les atouts dont je dispose, selon toi, pour avoir une meilleure estime de moi-même, figure le fait que mon père aime le premier venu plus que moi, au point de lui céder son entreprise ?

« Le premier venu » ? C'était ainsi qu'elle le voyait ? Dario se rendit compte que c'était la première fois qu'elle exprimait sa colère parce qu'il avait pris le contrôle du groupe Anderson. Lyssia Anderson ne manquerait jamais de rien, il savait donc qu'elle exagérait en se plaignant ainsi. Cependant, malgré sa propension à dramatiser, il devait malgré tout y avoir une part de vérité dans ses paroles.

— Je ne savais pas que ton père te laissait sans le sou.

— Ce n'est pas le cas. Mais il ne m'a jamais demandé si je voulais m'occuper de l'entreprise.

— Tu es une femme d'affaires accomplie dans le secteur de l'hôtellerie et de la restauration ?

— Eh bien… non, bredouilla-t-elle, visiblement désarçonnée.

— Tu as gravi les échelons en partant de rien et en passant par tous les niveaux dans ces secteurs ?

— Je… non plus.

— Tu as déjà occupé un emploi rémunéré durant ta vie de privilégiée ?

— Non.

— Je suis donc plus qualifié que toi. Si tu avais voulu reprendre l'empire de ton père, tu aurais travaillé pour cela, n'est-ce pas ?

— J'avais dix-huit ans quand il a décidé de te le donner. Je n'ai jamais eu une chance. De toute façon, il ne s'agit pas de savoir si je devrais diriger l'entreprise, ou si tu es plus qualifié. C'est juste que… si j'étais son *fils*, aurait-il agi ainsi ?

Dario hocha lentement la tête. C'était une question légitime. Mais comme sa relation avec son propre père était bien plus toxique qu'elle ne pouvait l'imaginer, il ne s'était jamais penché sur la question de la filiation et de la paternité.

— À tes yeux, je suis le méchant de l'histoire ?

— C'est ainsi que je te voyais quand j'avais une douzaine d'années.

Il sourit.

— Malheureusement pour toi, Lyssia, je pense que tu es attirée par un méchant.

Elle éclata de rire.

— Dieu m'en garde ! Je n'aime pas les méchants. J'aime les hommes gentils avec de beaux cheveux et une cafetière à piston sur leur bureau. Les hommes gentils qui me demandent comment s'est passée ma journée et qui m'embrassent avec la délicatesse rafraîchissante d'une pluie d'été.

Comment parvenait-elle à l'agacer et à le tourmenter en quelques phrases, sans même être ni méchante ni agressive en l'occurrence ? Personne d'autre n'avait ce pouvoir sur lui. Soudain, il n'avait plus envie de badiner ni de jouer. Soudain, il avait envie de lui dire ses quatre vérités, de lui montrer que si elle croyait se connaître, tel n'était pas le cas.

— Tu ne veux pas d'un homme gentil, Lyssia. Tu veux un homme capable de te dire quand tu te comportes comme une sale gosse. Tu veux un homme qui te demande comment s'est passée ta journée et qui, si elle a été mauvaise, fera quelque chose pour y remédier, jusqu'à mettre la ville sens dessus dessous. Tu veux un homme qui t'appelle et t'envoie des messages. Tu ne veux pas d'une délicate et rafraîchissante pluie d'été, tu veux un ouragan. Tu ne veux pas d'un emploi dans l'entreprise de ton père parce que tu veux te faire un nom, mais tu dois cesser de t'entêter sur la façon dont tu veux que ce succès arrive. Et tant que tu ne l'admettras pas toi-même, tu resteras coincée dans cet entre-deux insipide avec un type insipide. Et tu mérites mieux.

Il s'était penché vers elle pendant sa tirade. L'espace entre eux était chargé d'électricité. Lyssia respirait désormais presque comme si elle était essoufflée. Ses yeux fouillaient son visage comme si elle pouvait y trouver des réponses.

— Tu… tu ne me connais pas, bafouilla-t-elle en se levant.

— Bien sûr que si. Je te connais depuis très longtemps.

— Tu crois me voir, mais ce n'est que la surface.

— Non, Lyssia. Je te vois. Je vois de toi ce que toi-même tu ne vois pas.

— Est-ce que ça veut dire que je te vois, moi aussi ? Et que je suis la seule à déceler que tu as plus d'arrogance que de substance ?

Dario se leva à son tour. Il s'approcha d'elle, tendit la main et lui saisit le bras. Le contact lui fit l'effet d'une décharge électrique. Il la relâcha aussi vite qu'il l'avait saisie.

Elle resta figée, bouche bée. Il s'aperçut qu'il luttait contre l'envie de transformer ses accès de colère en soupirs de plaisir.

— Je vais me coucher, finit-elle par dire d'une voix fluette.

— Oui, bonne idée.

Demain, elle s'installerait ailleurs et il n'aurait plus à s'en préoccuper. Il pourrait travailler sans être distrait.

C'était tout ce à quoi il aspirait.

3

Lorsque Lyssia se réveilla, tout était calme. Elle avait le sentiment bienfaisant d'être emmitouflée dans une couverture douillette, chaude et réconfortante. Elle n'avait aucune envie d'ouvrir les yeux, aucune envie de bouger. Elle voulait rester là, calme et apaisée.

Puis elle se souvint de son arrivée, la veille. De Dario.

Elle souleva les paupières. Il fallait qu'elle parte d'ici. Pas question de demeurer coincée dans ce chalet avec cet homme !

Elle allait appeler Carter, puis trouver un autre chalet dans la station. Ce ne serait pas un problème.

Elle sortit du lit et regarda le réveil. Compte tenu du décalage horaire, c'était une heure inappropriée pour téléphoner à New York. Elle décrocha le téléphone de la table de nuit pour appeler la réception. Pas de tonalité. Bizarre... Elle appuya sur un bouton de l'appareil, puis sur un autre. Toujours rien. La ligne semblait coupée. Bon, elle utiliserait donc son portable, mais après avoir bu un café. Elle espérait qu'il y aurait de la place pour elle quelque part. Si elle avait hâte d'avoir une vue d'ensemble du complexe, elle avait encore plus hâte d'échapper à la présence de Dario.

Il l'avait tellement mise en rogne ! Il s'était montré grossier et condescendant, lui avait fait la leçon sur sa relation avec Carter. La leur était particulière, forte, n'obéissait à aucune règle, mais ce n'était pas une raison pour se comporter ainsi avec elle.

Pendant quelques secondes, elle se laissa aller à penser que c'était peut-être lui, le bon. Qu'il était vraiment le prince charmant. Cela lui fit chaud au cœur. Peut-être était-il celui qui la verrait telle qu'elle était. Celui qui lui mettrait la pantoufle au pied...

Ça suffit ! s'ordonna-t-elle. La veille, elle accusait Dario d'avoir été contaminé par les contes de fées et voilà qu'elle rêvassait comme une adolescente romantique !

« Tu es attirée par le méchant », avait-il affirmé. C'était faux, bien sûr. Elle était attirée par Carter. C'était pour lui qu'elle avait apporté nombre de tenues affriolantes – même si avant de se mettre au lit elle avait fini par enfiler un banal pyjama.

Elle avait eu tellement hâte de jouer la séductrice, d'être désirée ! Avec Carter, elle avait l'impression que c'était possible, qu'il appréciait sa compagnie. Au moins, avec lui, elle avait l'impression d'exister, de ne pas être seulement la fille de son père.

Elle se dirigea vers la salle de bains pour faire sa toilette et son regard se posa sur la baignoire. Aussitôt, l'image de Dario et elle assis dedans envahit son cerveau.

Mon Dieu !

Lyssia cligna plusieurs fois des yeux pour chasser cette vision torride. C'était une aberration. Dario était... séduisant, d'une certaine manière. Du moins si on en pinçait pour ce genre de beauté virile à l'extrême, à l'ancienne, macho. Il était aussi un roc, et celle qui partagerait sa vie allait passer son temps à s'y cogner. Très peu pour elle, qui se sentait déjà indésirable et invisible la moitié du temps.

Si elle était honnête avec elle-même, lorsqu'elle pensait à séduire Carter, elle pensait à ce qu'elle porterait, à ce qu'elle ferait et dirait, à quel point elle se sentirait belle ; mais jamais à ce qu'il pourrait lui faire. Même lorsqu'elle avait essayé de fantasmer sur le fait d'être dans la baignoire avec lui, il ne s'agissait que d'avoir *de la compagnie*.

Avec Dario, en revanche, la sensation n'avait pas du tout été celle d'un *compagnon*. Elle avait brièvement vu ses grandes mains sur sa peau, ses lèvres dans son cou…

Elle serra les cuisses l'une contre l'autre au moment où un éclair brûlant embrasait sa féminité. Elle ne put retenir un petit gémissement de frustration. Elle s'en voulut aussitôt : elle n'avait pas besoin de cela.

Faisant fi de son apparence dans ce pyjama, elle descendit à la recherche de caféine. Dans la cuisine, elle s'aperçut que la machine à café était beaucoup plus complexe d'utilisation qu'elle ne l'avait imaginé.

— Besoin d'aide, *cara* ?

Lyssia se retourna. Son cœur battait la chamade.

— Non, je n'ai pas besoin d'aide.

— On le dirait, pourtant…

Il n'avait pas le droit d'être aussi beau de si bonne heure. Il portait un pantalon de survêtement noir et un T-shirt blanc moulant qui dessinait sa musculature parfaite.

Elle ferait bien de se rappeler que c'était un connard, et que ce n'était pas parce qu'il était séduisant qu'elle devait se concentrer là-dessus. De toute façon, ce qui comptait, c'était la beauté intérieure, n'est-ce pas ? Or Dario Rivelli était laid à l'intérieur, méchant. Peu importait qu'il soit beau et que ses abdominaux sculptés soient mis en valeur par son T-shirt près du corps : des abdominaux ne se souciaient pas de savoir si vous aviez passé une bonne journée ni de vous offrir un soutien émotionnel.

Dario se déplaça et le regard de Lyssia se posa sur ses

cuisses musclées. Elles ne pourraient pas non plus l'écouter parler de sa journée, mais seraient probablement utiles pour la soulever, la transporter et la...

Stop !

Que lui arrivait-il ? Elle n'était pas le genre de femme qui perd la tête à cause d'une masculinité sauvage. Elle voulait être proche de Carter. Ce n'était pas vraiment une question de sexe. Enfin... oui et non. Alors que pour une mystérieuse raison, son cerveau associait Dario au sexe.

Il fallait qu'elle quitte cet endroit. Au plus vite.

— Le téléphone de ma chambre ne fonctionne pas.

— Rien d'étonnant, répondit-il.

— Pourquoi ?

— As-tu regardé par la fenêtre ?

— Non.

— Tu devrais.

Lyssia gagna la salle à manger et se planta devant la grande fenêtre d'angle. Elle regarda dehors et ne vit rien d'autre que du blanc.

— Qu'est-ce que... ?

— Nous sommes bloqués par la neige, annonça Dario.

— Comment est-ce possible ? C'est un complexe moderne et luxueux, non ?

— Oui, dans un monde soumis à des aléas météorologiques, répliqua-t-il, d'un ton professoral exaspérant.

— Mais ce n'était pas prévu ! s'exclama Lyssia, affolée.

— Apparemment, un changement de vent la nuit dernière a soufflé un front de tempête au-dessus de nous. Il est tombé une quantité de neige sans précédent sur la station.

— Tu veux dire qu'on est vraiment bloqués par la neige dans ce chalet ? Comme si on était coincés en haut de la montagne ?

— Je ne sais pas, je n'ai pas encore vérifié.

Il sortit de la pièce à grands pas. Lyssia le suivit aussi vite que ses jambes le lui permettaient. Il ouvrit la porte d'entrée, et ils se retrouvèrent devant un mur de neige ; qui bloquait la sortie.

— Nous allons mourir ! cria Lyssia.

Elle dramatisait sciemment dans le but d'exorciser sa peur, qui était bien réelle. Et... *Oh ! mon Dieu ! tu vas mourir vierge.*

— Non, nous n'allons pas mourir, dit Dario avec calme. Nous disposons d'un puissant générateur de secours et il y a des réserves de nourriture non seulement dans le réfrigérateur, mais aussi au sous-sol.

— C'est... c'est irréel. Incroyable. Je ne veux pas... je ne peux pas rester bloquée ici avec toi !

— Et pourtant, c'est le cas.

— Non ! lança-t-elle en tapant du pied, avec la conscience aiguë de se comporter comme une gamine capricieuse. J'aurais dû être ici avec Carter.

— Je comprends que tu puisses le trouver plus agréable comme colocataire. Hélas ! il faudra te contenter de moi.

— Je...

Lyssia se sentit soudain submergée. Par la trahison des éléments naturels, celle de son imagination et celle de Dario lui-même.

— Si tu n'étais pas un salaud aussi désagréable, peut-être que ce ne serait pas aussi traumatisant.

— Je suis désolé que tu me trouves aussi pénible. Mais nous sommes deux adultes, et nous trouverons le moyen de faire face à la situation. Dès que le soleil sera levé à New York, j'appellerai ton père pour lui dire que tu es en sécurité.

— Il sera beaucoup plus préoccupé par ta sécurité, Dario. Je pense que tu le sais. Ce n'est pas moi qui suis censée hériter de son empire.

— Moi non plus. Je vais finir de l'acquérir. Tu sembles faire une fixation sur le fait que j'aurais hérité. Je l'ai acheté !

— C'est la même chose, non ?

— Non. Ton père a reçu de l'argent en échange de l'entreprise ; et à ton avis, qui va recevoir cet argent ?

Lyssia eut l'impression d'avoir été giflée. Elle n'eut pas le loisir de répondre, car Dario poursuivait déjà :

— Ton père t'a offert la liberté. Tu n'as jamais montré le moindre intérêt pour la gestion de son entreprise, et il le sait. Je ne parviens pas à comprendre comment tu peux te sentir à ce point blessée alors que Nathan s'intéresse à toi de manière si évidente. Ton père est l'un des meilleurs hommes que j'aie connus. Ton obstination à le voir comme un ennemi est ridicule.

— Il ne m'a en tout cas jamais rassurée sur la situation. Je suis manifestement la dernière de ses priorités. Et ce que tu devrais chercher à comprendre, c'est qu'il ne suffit pas de donner de l'argent à sa fille pour être un bon père. Lorsqu'il nous a envoyés en mission ici, Carter et moi, je me suis dit qu'il me considérait enfin comme une personne capable et dotée d'un cerveau. Or ce n'est pas le cas. Parce que tu es là. Toi, son fils chéri.

— Tu es sa priorité absolue. Pourquoi penses-tu que je veuille lui faire savoir que tu vas bien à la minute où il se réveillera ?

— Tu es imprévisible.

— Je te rappelle que c'est toi qui piques une crise parce que tu es coincée ici, comme si tu avais été jetée dans un cachot avec un étranger alors que tu me connais depuis l'enfance.

— Ma semaine est gâchée.

— Être coincée dans un luxueux chalet, quelle terrible épreuve pour toi ! railla-t-il avec un ricanement. Merci de me conforter dans l'idée que je me fais de toi, Lyssia.

Cette remarque la piqua au vif. Elle était contrariée. Elle était censée être ici avec quelqu'un à qui elle tenait vraiment, quelqu'un qui tenait à elle. Au lieu de cela, elle était coincée avec un homme qui la méprisait. C'était normal d'être contrariée, non ? D'autant qu'elle était perturbée par des images de lui et elle nus, alors qu'elle avait envie de le frapper. Il n'écoutait rien. Il était si arrogant que son ego aurait eu besoin de son propre chalet.

— Ils vont nous envoyer un chasse-neige, n'est-ce pas ? demanda-t-elle.

— J'ai le sentiment qu'il faudra un peu plus qu'un chasse-neige pour résoudre le problème...

— Bon. Alors je vais creuser moi-même.

Dario la fixa sans un mot. Puis il pivota et la laissa plantée là, devant le mur blanc et glacé qui lui donnait des frissons dans tout le corps.

Lorsque Dario revint, quelques instants plus tard, il tenait une cuillère en argent à la main.

— C'est bien avec ça dans la bouche que tu es née, non ? Donc tu devrais pouvoir t'en servir pour creuser un tunnel.

Furieuse d'être ainsi moquée, Lyssia saisit la cuillère et la jeta à travers la pièce.

— Quand vas-tu cesser de me tourner en ridicule ? explosa-t-elle.

— Tu n'as pas besoin de moi, tu t'en sors très bien toute seule, répliqua-t-il. Mais je suis heureux de constater que ton opinion sur moi a changé : tu commences à penser que j'ai un peu d'humour, on dirait...

— Ce que tu peux être désagréable ! Tu es arr...

— Économise ton énergie, la coupa-t-il en refermant la porte. Tout va bien se passer.

L'adrénaline de la situation commençait à se dissiper et Lyssia se mit à réfléchir un peu plus posément. Dario faisait montre de beaucoup d'assurance, mais la vérité était qu'il n'en savait pas plus qu'elle. Par exemple, si le générateur tombait en panne, que leur arriverait-il ?

— Lyssia, dit-il doucement. Garde ton calme. Il ne t'arrivera rien de grave.

Il était gentil maintenant, et c'était presque pire. Parce qu'il ne la comprenait vraiment pas. Il ne comprenait pas qu'elle avait peur parce que le monde était incroyablement injuste et violent. Il ne comprenait pas que son père la blessait parce qu'elle n'avait jamais été la personne la plus importante de sa vie. Pas une seule fois. Cela avait été sa mère, puis Dario, mais jamais elle.

— Tu n'en sais rien, lui lança-t-elle.

— J'ai grandi dans les rues de Rome. Je n'y ai pas souvent été pris dans des tempêtes de neige, c'est vrai, mais je sais comment me débrouiller pour survivre avec pas grand-chose. Alors dans un chalet haut de gamme, ça ne me fait pas peur.

Lyssia savait que cela faisait partie de la légende de Dario Rivelli. Une enfance dans la rue, une histoire de survie et de travail acharné, ne compter que sur soi-même : le parfait *self-made-man*. Elle n'avait jamais vraiment imaginé le Dario qu'elle connaissait vivre cette vie. Il en semblait tellement éloigné !

— Combien d'années as-tu passées dans les rues de Rome ?

Il la dévisagea. Quelque chose changea dans son regard. Elle était certaine d'y avoir vu passer... quoi ? De la douleur ?

— Je ne sais pas... Un an, quelque chose comme ça.

Elle eut la certitude qu'il mentait. Il savait combien de nuits. Exactement.

— J'ai fini par trouver du travail, reprit-il, ce qui m'a permis d'avoir un toit, même si ce n'était pas vraiment un palace. Une fois que j'ai pu travailler, j'ai pu vivre. Cela m'a sauvé.

— Tu as eu... Tu as eu peur ?

— Bien sûr.

— Tu avais un foyer, avant cela ? Une maison ? Que s'est-il passé ?

— Est-ce vraiment le moment d'en parler ?

— Nous sommes bloqués par la neige, et je veux savoir.

L'assurance de Dario l'avait un peu apaisée, même si elle détestait se l'avouer. Elle ne s'était jamais demandé par quelles épreuves il avait dû passer pour devenir l'homme qu'il était. À ses côtés, elle se sentait presque... protégée, choyée. D'une manière qu'elle n'avait jamais connue et qui lui inspirait un certain respect pour lui. C'était une expérience étrange, dérangeante, mais elle n'était pas vraiment en position de faire des caprices ou de se montrer insolente. Parce qu'elle avait déjà largement dépassé les bornes, mais aussi parce que sans lui, elle ne savait pas ce qu'elle deviendrait, bloquée ici.

— Oui, j'avais un foyer. Et puis les choses ont changé.

— Que s'est-il passé ?

— Des événements tristes comme la vie en réserve, dit-il d'un ton sec.

Lyssia fronça les sourcils. À son attitude et à sa voix, elle comprenait qu'il souhaitait en rester là. Ce qui la dérangeait le plus, c'était qu'il n'était pas honnête, contrairement à ses habitudes. Elle avait le sentiment que, s'il ne mentait pas vraiment, il ne lui disait pas tout.

— Viens, reprit Dario. Je vais faire du café.

— Pourquoi es-tu si gentil ?

— Qui a dit que j'étais gentil ? Peut-être que je veux simplement que tu te taises.

Ils s'installèrent dans le salon et lorsque, quelques minutes plus tard, Dario lui tendit une tasse de café, Lyssia fut frappée par l'étrange ironie de la situation : combien de fois lui avait-elle apporté un café dans son bureau ? Elle leva les yeux vers lui et décela quelque chose dans ses yeux sombres qui lui serra l'estomac. En saisissant la tasse, ses doigts effleurèrent ceux de Dario. À son grand dam, elle ressentit la même flèche de plaisir entre les cuisses que lorsque son cerveau lui avait de nouveau projeté l'image de lui et elle nus dans la baignoire...

— Merci, bredouilla-t-elle, troublée.

Il la fixa quelques instants, demi-sourire aux lèvres, puis s'éclipsa sans un mot.

Lyssia broyait du noir dans le salon depuis deux bonnes heures lorsque la voix de Dario s'éleva dans la pièce voisine, la tirant de ses ruminations.

Elle comprit qu'il parlait à son père et lui assurait que tout allait bien. Elle ne pouvait pas distinguer tous les mots, mais elle pouvait entendre la mélodie profonde et rassurante de sa voix. Elle regrettait de ne pas avoir appelé son père en premier, mais elle était toujours blessée que celui-ci lui ait fourré Dario dans les pattes.

Et pourtant, tu es bien contente que Dario soit là, maintenant...

Au moment où cette pensée se formait dans son esprit, elle se dit qu'elle devrait téléphoner à Carter, quoi qu'en pense Dario. Si elle avait envie de lui parler, pourquoi ne le ferait-elle pas ?

Elle saisit son téléphone et se dirigea vers la cuisine. Elle posa l'appareil sur le grand plan de travail, trouva le numéro de Carter et appuya sur l'écran pour démarrer un appel vidéo. Puis elle commença à sortir du réfrigérateur et des placards de quoi se confectionner un sandwich – elle mourait de faim !

Lorsque Carter décrocha, elle regarda l'écran en souriant. Le téléphone de Carter était visiblement posé sur son bureau, et il avait l'air heureux de son appel.

— Salut, Carter !

— Bonjour, comment va la Suisse ?

— Enneigée. En fait, je suis bloquée dans le chalet avec Dario.

— Oh ! s'exclama Carter.

Lyssia ne parvint pas à déterminer s'il était déçu de ne pas être là, enfermé avec elle. Elle enduisit deux tranches de pain de beurre de cacahuète.

— Oui, c'est dingue. Une tempête de neige pendant la nuit et nous voilà coincés. Dario dit que le générateur devrait fonctionner, mais honnêtement, c'est un peu inquiétant. Tout le rez-de-chaussée est sous la neige.

— Tu es prise au piège avec...

Au lieu de dire « Dario », il grimaça.

— Ne t'inquiète pas, dit Lyssia. Je pense qu'il ne mange que des enfants et des petits animaux. Je devrais être en sécurité.

— Va savoir..., fit la voix de Dario derrière elle, la faisant sursauter.

Elle se retourna. Il se tenait debout dans l'embrasure de la porte.

— Je suis au téléphone, lui lança-t-elle sèchement.

Cependant, Dario ne bougea pas d'un pouce, se contentant de la dévisager de son éternel air narquois, les bras croisés devant son torse – ce qui faisait saillir ses biceps musclés.

Alors, Lyssia saisit son téléphone dans une main et son sandwich au beurre de cacahuète et à la confiture, puis elle quitta la pièce.

— J'aurais aimé que tu sois là, dit-elle à Carter une fois suffisamment éloignée de Dario.

Elle avait décidé d'aller de l'avant et de se découvrir, de se mettre en danger, même si Carter n'avait pas dit qu'il regrettait de ne pas être auprès d'elle. Elle avait imaginé perdre sa virginité avec lui durant ce séjour, ce n'était pas anodin comme décision.

— Je suis désolé que tu sois coincée avec Dario, annonça Carter.

Pas exactement une déclaration d'amour, songea Lyssia. Ni

l'aveu d'un désir ardent... Elle ne s'en serait pas inquiétée sans les affirmations de Dario, la veille au soir. « Un homme qui veut une femme le fait clairement savoir. S'il laisse planer le doute, c'est qu'il ne veut pas de toi. »

Elle n'eut pas le temps d'y réfléchir plus avant : soudain, elle fut plongée dans le noir.

— Que se passe-t-il ? demanda Carter d'une voix anxieuse.

— Je ne sais pas. Toutes les lumières se sont éteintes. Panne de courant, on dirait.

— Tu veux que je prévienne quelqu'un ?

— Oui, peut-être. Mon père.

— Je m'en charge. Tu devrais économiser la batterie de ton téléphone.

— Tu as raison, soupira-t-elle.

Lorsqu'elle raccrocha, elle se retrouva dans l'obscurité la plus totale.

Non seulement elle était coincée dans une tempête de neige avec Dario, mais elle était désormais coincée dans une tempête de neige avec Dario *sans électricité*.

Pourtant, à ce moment-là, ce n'étaient ni l'obscurité ni le froid qui l'effrayaient.

C'était elle-même.

4

— Tu as affirmé que le générateur allait fonctionner, lança Lyssia, accusatrice, en rejoignant Dario dans la cuisine.

— C'est ce que disait le guide de présentation du chalet que j'ai lu en arrivant, répondit Dario avec calme.

— On fait quoi, maintenant ?

— Nous avons de quoi nous chauffer et la cuisinière est au gaz. Nous avons aussi plein de provisions. Nous ne sommes absolument pas dans une situation délicate, et cela ne durera que quelques jours tout au plus.

— Quelques jours ?! s'écria Lyssia. Nos téléphones ne tiendront pas aussi longtemps.

Dario haussa un sourcil moqueur.

— Évite les appels vidéo, alors.

— Mais...

— En fait, tu devrais probablement éteindre ton téléphone pour économiser la batterie en cas d'urgence.

— Tu viens de dire que ce n'était pas une situation d'urgence ! Tu as dit que tout irait bien !

— J'ai également dit que le générateur prendrait le relais. Donc tout ce que je déclare n'est pas parole d'Évangile, on dirait...

Elle poussa un long soupir et regarda une dernière fois l'écran de son téléphone. Elle avait reçu un message de Carter.

— Carter a dit à mon père que l'électricité avait été coupée.

— Très bien. J'imagine que Nathan va travailler pour nous sortir d'ici. Envoie un message à Carter pour lui dire que tu éteins ton téléphone et que j'en fais autant. Dis-lui que tout va bien.

Lyssia obtempéra.

— Tu t'en sors très bien, affirma Dario.

— Non. Je sais que je dramatise, mais cela m'aide à rendre la situation supportable.

— Comment ça ?

— Eh bien... Je panique, je m'imagine le pire, et ensuite je peux respirer et faire avec. Tu n'as jamais ressenti cela ?

— Non.

Il avait presque l'air de le regretter, ce qui fit du bien à Lyssia.

— Où vas-tu ? demanda-t-elle tandis qu'il sortait de la cuisine.

— Au sous-sol. Chercher du bois, des allumettes, des lampes, tout ce dont nous pourrions avoir besoin.

— Je ne veux pas aller au sous-sol !

— Alors, reste ici.

Dario s'éloigna. Elle le suivit.

— Je ne veux pas non plus rester seule ici.

— Décidément, tu n'es jamais contente !

— Enfermée sous des mètres de neige sans électricité avec un homme qui me rend folle, je ne vois pas comment je pourrais être contente.

Elle le suivit néanmoins dans le sous-sol. Il s'activa avec précision et efficacité, rassemblant ce dont ils auraient besoin et empilant des bûches dans un grand panier.

Elle avait l'impression de rencontrer un nouveau Dario, ce qui était un peu déconcertant. Elle savait qu'il avait grandi dans la rue, mais c'était autre chose de le voir agir aussi calmement dans une situation délicate. En général, elle le considérait comme l'homme dont la simple existence mettait en lumière ses propres carences et manques, toutes les manières dont elle échouait à répondre aux attentes de son père. Or en cet instant, elle le voyait comme une sorte de surhomme capable de garder son calme en cas de crise.

Cela l'agaçait de se rendre compte qu'il valait mieux être coincée dans une tempête de neige avec lui qu'avec Carter. Elle n'avait pas besoin de savoir quelles étaient les compétences de chasseur-cueilleur de ce dernier pour en être persuadée. Au mieux, Carter avait été scout dans son enfance, quand Dario apprenait à survivre dans les rues de Rome.

— Prends les lanternes, les piles et les couvertures, lui commanda-t-il.

Elle obéit et ils remontèrent au rez-de-chaussée.

— Il faut choisir une seule pièce à chauffer. Je dirais que le plus judicieux, c'est ma chambre à coucher.

— Quoi ? s'exclama Lyssia, le cœur battant.

— Le salon est trop ouvert et trop haut de plafond. Ma chambre possède une cheminée et elle sera plus facile à chauffer, car il y a moins de volume.

— Et qu'est-ce qu'on va faire, enfermés dans ta chambre ?

À peine les mots étaient-ils sortis de sa bouche qu'elle regrettait de les avoir prononcés. Parce qu'elle sentit son visage et son corps devenir brûlants. Et elle savait qu'elle venait d'implanter les images érotiques qui vivaient dans son cerveau directement dans celui de Dario. D'ailleurs, elle distingua dans son regard une lueur frémissante qui la rendit toute chose.

— Je suis sûr que nous trouverons de quoi nous occuper, répondit-il.

Non, ton imagination te joue des tours, se dit Lyssia. Comment pourrait-il en être autrement ? Dario Rivelli ne l'appréciait pas et la considérait comme une enfant.

De son côté, elle l'avait toujours vu comme un homme, mais un homme qui ne lui plaisait pas. En tout cas jusqu'à récemment.

Menteuse !

Oui, bon, d'accord, elle s'était toujours sentie... fébrile lorsqu'elle avait affaire à lui. Toujours. Et si, quand elle était son assistante, elle se composait un visage boudeur en sa présence, c'était parce que le regarder la mettait mal à l'aise, lui donnait l'impression de ne pas savoir quoi faire de ses mains. Mais à l'époque, elle n'aurait jamais parlé d'attirance. Elle avait toujours pensé qu'il s'agissait de ressentiment.

Mais soudain, en regardant ce beau visage austère, en pensant à la neige accumulée dehors et à la promesse de se terrer avec Dario dans une chambre devant un feu de cheminée, Lyssia ne pouvait plus nier que ce qu'elle ressentait était de l'attirance.

Il n'était donc pas aberrant qu'elle se soit fantasmée dans une baignoire avec lui. C'était son moi profond.

Comment est-ce possible ? se demanda-t-elle, troublée par cette prise de conscience. Elle aimait bien Carter. Elle venait de lui parler au téléphone et avait été ravie d'entendre sa voix. Lorsqu'elle s'était imaginée nue en sa compagnie, cela avait été agréable. Les images de Dario et elle étaient tout sauf agréables. Elles l'effrayaient en même temps qu'elles l'excitaient prodigieusement.

Elle se sentait à la fois chaude et froide. Elle avait l'impression d'être en train de mourir. Était-elle victime de ses hormones ? Était-ce... *normal* ?

— Lyssia ?

Une sorte d'avertissement dans la voix de Dario la fit frissonner.

— Quoi ?

— Tu sais exactement quoi.

— Non. Je veux juste savoir où poser les lanternes et les couvertures.

— Dans ma chambre.

La chambre qu'occupait Dario était grande, avec un immense et imposant lit à baldaquin dans le coin.

Il y avait une cheminée contre le mur du fond. La fenêtre donnait sur la montagne de neige, qui montait presque jusqu'à l'appui.

Lyssia s'approcha et jeta un coup d'œil à l'extérieur.

— C'est... incroyable ! souffla-t-elle.

— En effet.

Dario s'installa devant la cheminée et y disposa les bûches. Lorsque le feu prit en crépitant, le soulagement envahit Lyssia, en même temps qu'un puissant sentiment de reconnaissance envers Dario.

Hélas ! l'attraction magnétique qu'il exerçait sur elle revint la tarauder. Elle posa les yeux sur ses cuisses recouvertes par la laine fine de son pantalon, puis remonta. Les manches de sa chemise blanche étaient retroussées, et elle observa le jeu des muscles de ses avant-bras tandis qu'il ajoutait des bûches dans l'âtre. Ses gestes étaient sûrs, déterminés. La certitude absolue qu'il mettait dans tout ce qu'il faisait était remarquable. Lyssia n'en avait jamais vu de telle chez personne d'autre.

Dario portait l'excellence comme une seconde peau.

Beaucoup d'hommes étaient trop sûrs d'eux. Impétueux. Arrogants. On pouvait facilement qualifier Dario d'arrogant, mais la différence entre lui et les autres hommes, c'était que son arrogance était légitime : s'il affirmait être capable de faire quelque chose ou s'il prétendait connaître quelque chose, c'était vrai.

Lyssia se sentait à nouveau en sécurité, mais également

à bout de nerfs. Elle ignorait comment réagir à l'attirance qu'elle éprouvait. Cela lui faisait un peu peur, comme si elle était entrée dans la cage d'un lion et que tout pouvait arriver.

D'un mouvement fluide, Dario s'éloigna du feu. Non, ce n'était pas un lion. C'était une panthère. Elle avait l'impression de le voir pour la première fois et d'être une adolescente enamourée d'un garçon trop mignon. Or Dario n'était pas un « garçon mignon » ; c'était un homme viril et sûr de lui, expérimenté.

Seigneur ! Elle avait envie de se jeter par la fenêtre dans la neige. Cela refroidirait peut-être les ardeurs de son corps et de son imagination... Elle avait décidé en venant ici qu'elle ferait l'amour ; pour la première fois. Mais avec Carter, pas avec Dario.

Son estomac se tordit. Elle ne pouvait même pas imaginer les conséquences si elle couchait avec Dario – dévastatrices.

— Je peux faire quelque chose pour toi ?

Lyssia sursauta au son de sa voix. Elle se rendit alors compte qu'elle le fixait depuis de longues minutes sans vraiment s'en apercevoir. Il était toujours aussi sombre et troublant. Magnétique.

— Euh... non. Désolée.

— J'ai une idée, lança-t-il. Pour l'instant, rien de ce qu'il y a dans le frigo n'est perdu. Mais cela ne va pas durer longtemps. Nous pourrions sortir les aliments les plus fragiles et les mettre dans la neige. Puis je te propose de remonter les saucisses et de les faire cuire dans la cheminée.

Elle lui fut reconnaissante d'avoir changé de sujet et fait baisser une tension qui commençait à devenir insupportable pour elle.

Même si une petite voix dans son cerveau décidément malade depuis son arrivée lui souffla que les saucisses n'étaient pas l'aliment le moins sexuel qui soit...

Lyssia s'amusa beaucoup à enfoncer des pots et des barquettes dans le mur de neige qui se dressait devant la porte d'entrée du chalet. Beurre, mayonnaise, confiture, charcuterie : elle composa avec Dario un réfrigérateur surréaliste, ce qui lui fit oublier les sensations perturbantes éprouvées dans la chambre.

Ensuite, Dario sortit une grille du four, prit une grande poêle, et ils remontèrent à l'étage avec les saucisses. Dario installa la grille sur un côté et posa la poêle dessus avant d'y disposer les saucisses.

Ils restèrent assis, chacun perdu dans ses pensées devant les flammes. L'estomac de Lyssia grondait en dépit du sandwich qu'elle avait avalé un peu plus tôt. Elle se demanda si se retrouver en situation de survie pouvait avoir provoqué en elle une sorte de choc qui développait sa faim. Et son appétit de vivre ?

Peut-être que la plupart des réflexions que lui avait faites Dario au fil des ans, et qui sur le coup lui avaient semblé méchantes, étaient un peu vraies. Toute sa vie, elle avait été protégée ; choyée même. Bien qu'elle se soit débrouillée seule et qu'elle ait réalisé par elle-même un certain nombre de choses, elle avait toujours disposé d'un très grand filet de sécurité. Un gros générateur de secours, en quelque sorte, qui ne lui avait jamais fait défaut – contrairement à celui du chalet.

Elle avait eu le sentiment inverse parce qu'elle avait ressenti comme une trahison et un discrédit le fait que son père vende l'entreprise familiale à Dario. Ce qui n'était peut-être pas juste. En fait, elle ne voulait pas de cette entreprise. Elle voulait juste que son père soit fier d'elle.

Elle avait essayé. Oui, elle avait essayé de ressembler à Dario, mais elle n'était pas comme lui.

— Quelque chose ne va pas ?

Sa voix était comme un velours sombre. Douce, elle effleurait sa peau de manière à la fois délicieuse et inconfortable.

Lyssia se sentait différente, ici, dans le silence de cette maison. Entourée de neige. Entourée de lui.

En temps normal, elle aurait été plus dure et brusque avec lui. Elle n'aurait pas essayé de le voir comme une personne. Lorsqu'il était entré dans sa vie, elle l'avait d'abord vu comme un obstacle ; puis, en grandissant, comme un obstacle agaçant et déstabilisant. Mais plus maintenant. Il n'était plus un obstacle, il était devenu un soutien. Et, malheureusement, elle découvrait de nouvelles facettes de sa propre personnalité grâce à lui.

Ce n'était pas très agréable...

— Et si je ne suis pas aussi douée pour les affaires que mon père et que toi ? demanda-t-elle soudain, comme si elle avait besoin de partager ses craintes. Qu'est-ce que cela dirait de moi ? Et quelle image donnerais-je du féminisme ?

— Qui a dit que tu devais incarner le féminisme ? Tu n'es pas toutes les femmes, tu es simplement toi. Et la question n'est pas d'être aussi douée que qui que ce soit, mais d'assumer qui tu es, d'assumer d'être différente. Je ne pourrais pas dessiner et concevoir des meubles. Je ne saurais pas par où commencer.

— Mon père ne me croit pas capable de le faire, c'est peut-être ça le problème.

Dario secoua lentement la tête.

— Ce que tu fais est reconnu, apprécié, sinon tu n'aurais pas de clients.

— Je n'ai pas assez de clients.

— Pour survivre ?

— Non, pour... pour être prise au sérieux, avoua-t-elle d'une voix chancelante.

Cette simple phrase lui coûtait tellement qu'elle dut retenir les larmes qui lui montaient aux yeux. Si Dario l'avait remarqué, il n'en laissa rien paraître.

— Tu sais, je crois qu'il faut se servir de ce que la nature nous a donné. Moi, c'est la détermination. J'étais déterminé à faire quelque chose de ma vie. Et j'ai aussi un physique avantageux, j'en ai conscience, dont je me suis servi. Enfin, j'ai une facilité à communiquer avec les gens, à leur dire exactement ce qu'ils veulent entendre sur le ton qu'ils veulent entendre. Tout cela combiné m'a permis de quitter la rue et de devenir milliardaire. Toi, tu vas trouver tes armes et ta voie, et si ce ne sont pas les mêmes que les miennes ou que celles de ton père, ta vie ne sera pas un échec pour autant.

— C'est ce que je ressens, pourtant.

— Ton père est né riche. Il a construit à partir de ce qu'il avait, et il l'a bien fait. Tu n'es pas la même personne que lui, mais cela ne signifie pas que tu vaux moins que lui. Cela ne signifie pas que tu as échoué. Tu n'as que vingt-trois ans. Tu as le droit de prendre du temps pour déterminer le chemin que tu veux emprunter.

— Il y a plein de gens sur Internet capables de t'expliquer que je suis une perdante, une bonne à rien, alors que j'ai tout pour réussir. Je me demande même s'il n'y a pas des fils de discussion dédiés à ma nullité sur certains forums...

— Qu'est-ce que ça peut faire que des inconnus aigris et jaloux pensent que tu as échoué, alors que ce n'est pas le cas ?

— Je... Je ne sais pas, Dario. C'est peut-être le problème d'avoir un filet de sécurité : je pourrais ne pas travailler un seul jour de ma vie, je n'aurais jamais à me battre pour survivre. Alors pourquoi est-ce que je m'entête ?

Lyssia prit une longue inspiration, puis soupira avant de poursuivre :

— Pour avoir le sentiment que ce que je fais a de l'importance, je suppose ; que ma vie a de l'importance. Je voudrais que les gens me trouvent intelligente, intéressante, qu'ils voient que je me soucie des autres, que je fais des efforts, que je me bats. Mais personne ne le voit pas. Et surtout pas mon père, sinon il ne t'aurait pas missionné ici cette semaine. Il n'y aurait eu que Carter et moi. Coincés par la neige. Faisant l'amour.

— Ça, c'est toi qui le dis !

Lyssia choisit de ne pas répliquer et le silence s'étira entre eux.

— Je ne suis pas amoureuse de Carter, reprit-elle. Je n'ai jamais pensé que c'était de l'amour, entre nous. Mais il m'a fait me sentir belle. Il m'a fait me sentir...

— ... bien dans ta peau ? la devança Dario. Peut-être parce qu'il réussit moins bien que toi.

Elle grimaça.

— Peut-être. Cela ferait de moi quelqu'un de très superficiel.

— Beaucoup de gens ne supportent pas d'avoir un partenaire qui réussit mieux qu'eux professionnellement. Les hommes, en particulier.

— Alors c'est à mettre au crédit de Carter. Parce que je ne pense pas qu'il s'en soucie. Ou peut-être que, comme tout le monde, il estime tout simplement que je n'ai pas réussi.

— Pourquoi n'as-tu pas utilisé le carnet d'adresses de ton père pour te faire une clientèle ?

— J'essaie de réussir par moi-même.

— Mais c'est stupide ! Personne ne réussit seul dans les affaires. Si tu as des relations, il faut t'en servir. Ton vrai problème, Lyssia, c'est que tu ne cherches pas à réussir par passion, mais pour te prouver quelque chose. Et tu le fais à tes dépens.

Elle plissa le front. Elle n'avait jamais considéré sa situation sous cet angle. Elle avait toujours été persuadée qu'elle recherchait seulement l'indépendance.

— Tu as bien réussi sans relations, toi ! lui opposa-t-elle.

— Ce n'est pas vrai. Sauf pour mon premier boulot, en cuisines, que j'ai décroché sans l'aide de personne. Sinon, partout où j'ai travaillé, avec chaque client que je rencontrais, dans chaque pièce où j'entrais, j'établissais des contacts. Lorsque tu grimpes sur une corde depuis le caniveau, tu te rends compte que tu as besoin d'appuis. Et j'ai créé des appuis partout où je suis passé. C'est peut-être ma plus grande force.

— C'est différent.

— Non. Tu aurais dû te servir de ce que tu avais à disposition, tout comme je me suis servi de ce que j'avais à disposition. J'ai été très dur avec toi, reprit Dario après une pause. Je crains de t'avoir déstabilisée à certains moments, alors que ce n'était pas mon intention.

Leurs regards se croisèrent. Lyssia avait du mal à respirer. Ses yeux la piquaient soudain, la pression dans sa poitrine était insupportable. Elle se racla la gorge.

— Tu n'es pas mon père, parvint-elle à marmonner. Alors, ce n'est pas vraiment à toi de régler tout ça.

— Je sais que je ne suis pas ton père, s'esclaffa-t-il.

L'air entre eux semblait crépiter. Elle décida que ce n'étaient que les saucisses dans la poêle. Parce qu'elle ne voulait pas affronter ce crépitement. Elle ne voulait pas se retrouver à sa merci. C'était beaucoup trop pour elle.

Ou peut-être était-ce simplement ce dont elle avait besoin...

Mais si elle se jetait sur le beau et condescendant Dario, elle ne supporterait pas qu'il la repousse. D'autant plus qu'il pouvait être très cinglant. Non, ce serait l'humiliation de trop.

Néanmoins, elle ne pouvait s'empêcher de se demander si ces grésillements entre eux n'avaient pas été une invention de son imagination.

Assise par terre à côté de Dario devant la cheminée, une assiette de saucisses sur les genoux, un verre de vin à portée de main, Lyssia avait l'impression de pique-niquer. Cela aurait pu être romantique, avec quelqu'un d'autre. À cette pensée, elle se dit qu'elle n'avait pas été très gentille avec lui depuis le début de cette aventure.

— Merci, dit-elle alors doucement. Je suis certaine que j'aurais paniqué et couru m'ensevelir dans la neige si tu n'avais pas été là.

— Tu n'aurais jamais agi aussi stupidement. Tu n'es pas une idiote, Lyssia. Arrête de te sous-estimer en permanence.

— Ce n'est pas le cas.

— Bien sûr que si ! Pourquoi as-tu besoin d'un partenaire qui a moins de succès que toi ? Pourquoi penses-tu être une ratée, alors que tu es simplement jeune ? Tu ne te fais pas confiance. C'est toi qui te déprécies.

— Toi aussi, parfois, rétorqua-t-elle.

— Oui, c'est vrai, cela m'est parfois arrivé.

Il y avait quelque chose d'indéchiffrable dans ses yeux sombres, comme s'il voulait en dire plus sans y parvenir. De nouveau, elle sentit la tension grandir entre eux, s'intensifier, et tout son corps devint brûlant.

— Pourquoi as-tu toujours été si dur avec moi ? demanda-t-elle doucement.

Il ne dit rien, se contentant de la regarder attentivement, de la caresser des yeux, une sensation terriblement physique – la gorge, les seins, les jambes... Lyssia était troublée à en avoir le vertige. C'était très sensuel et on aurait dit que Dario appréciait ce qu'il voyait.

Dario, dont elle aurait dit qu'il la détestait. Dario, dont elle aurait dit qu'elle le détestait en retour.

Or rien de ce qui se passait entre eux en ces instants suspendus ne ressemblait à de la haine. C'était bien plus dangereux. Quelque chose qu'elle ne comprenait pas entièrement. Quelque chose à quoi elle n'avait pas accès – mais elle en avait envie. C'était très différent de ce qu'elle avait imaginé trouver avec Carter. D'une certaine manière, elle s'y attendait. Elle l'avait toujours su.

— Pourquoi ? Parce que c'était plus sûr, répondit-il enfin. Plus sûr de te considérer comme trop jeune, trop écervelée, une gamine irresponsable incapable d'y voir clair en elle-même. Et tu te considérais de la sorte, toi aussi.

— Non ! Je...

— Si, la coupa-t-il, catégorique. Et c'était plus sûr pour toi aussi. Cela te protégeait de bien des manières.

— Contre quoi ?

Lyssia se doutait que poser cette question était dangereux. Elle se rapprochait d'un brasier dont elle ne soupçonnait pas l'ampleur, pourtant elle mourait d'envie de tendre la main et de toucher les flammes. Tout en elle lui hurlait de s'enfuir, mais elle demeura assise, ancrée au sol, protégée, en quelque sorte, par l'assiette qui reposait sur ses genoux et agissait comme une barrière protectrice.

— Contre moi, Lyssia, murmura Dario.

Seigneur...

Dario était dangereux pour elle, Lyssia le savait d'instinct. Elle n'avait jamais été attirée par le danger, avait toujours privilégié sa sécurité et son confort. Elle n'était pas plus courageuse qu'aventureuse ou intrépide. Elle avait choisi Carter parce qu'il incarnait la sécurité, pas parce qu'elle le désirait. Elle s'était raconté toutes sortes d'histoires pour se faire croire qu'elle voulait quelque chose de facile et d'amusant, alors qu'elle souhaitait fuir l'intensité et toute forme d'implication.

Elle minimisait systématiquement ses émotions les plus profondes et se privait de toute réelle vibration. Dario avait-il raison ? Était-ce parce qu'elle n'avait pas confiance en elle ?

Parce qu'elle ne s'écoutait pas ? Voire parce qu'elle se mentait ? Avec le recul, il lui semblait que lorsqu'elle avait essayé de convaincre Dario qu'elle savait ce qu'elle voulait, c'était surtout elle-même qu'elle avait cherché à convaincre. Et face à sa présence minérale et sans fard, à sa brusque franchise, ce qu'elle avait pris pour des vérités absolues se transformait en échappatoires, prétextes, esquives et subterfuges.

Bon sang, il venait de lui avouer qu'il l'avait protégée de lui, et qu'il pensait qu'elle-même s'était sans le savoir protégée de lui. Et Dario, s'était-il protégé d'elle ? Quoi qu'il en soit, ses mots déployaient en elle leur sens et c'était vertigineux. À se demander si elle avait bien compris...

Soudain, elle eut la cruelle impression de ne pas être à la hauteur. Il avait plus d'expérience qu'elle dans tous les domaines, et particulièrement la sexualité. Il lui paraissait improbable qu'un homme de sa trempe puisse s'intéresser à elle et qu'il ait dû se retenir de l'approcher.

Et pourtant, en lisant entre les lignes, c'était ce qu'il avait semblé dire, non ?

Sois courageuse, pour une fois ! s'intima-t-elle.

Alors elle posa son assiette à côté d'elle. Elle avait enlevé la barrière. Puis elle se jeta à l'eau :

— Pourquoi serais-je en danger à cause de toi ? Pourquoi devrais-je me protéger ?

— Lyssia...

— Pourquoi ? insista-t-elle.

Il avait l'air affligé, comme s'il était sur le point de faire quelque chose qu'il redoutait vraiment. Puis, après un long soupir, il lui répondit :

— Parce que tu es aussi têtue que tu es belle. Parce que tu es la fille de mon mentor, et que tu es bien trop jeune pour que je puisse m'autoriser certaines pensées que tu m'inspires.

Le cœur de Lyssia fit un bond dans sa poitrine, au point qu'elle crut qu'il allait s'en échapper.

— Tu ne m'apprécies pas, murmura-t-elle.

Son regard était impénétrable.

— Le fait d'apprécier ou non quelqu'un n'a pas grand-chose à voir avec l'alchimie. Tu n'as pas conscience de celle qui nous relie ?

— Nous nous disputons tout le temps, protesta-t-elle mollement.

— Pourquoi penses-tu qu'il en soit ainsi ?

Lyssia approchait sa main du brasier et c'était... fascinant. Comme une révélation. Qui expliquait le fantasme qu'elle avait eu d'eux deux dans la baignoire. Qui pourrait l'aider à devenir qui elle voulait vraiment être. Qui elle était déjà sans le savoir.

— Je ne sais pas. Je...

— Parce que tu fais joujou avec des garçons, et que je suis un homme. Je te l'ai déjà dit : si Carter te désirait vraiment, il te l'aurait fait savoir. Il ne m'aurait jamais permis de prendre sa place. Il aurait pris d'autres dispositions. Mais tu n'es pas au centre de ses préoccupations. Donc il ne te mérite pas. Pourquoi te donner à lui corps et âme si tu n'es pas tout pour lui ?

— Je... mais... tu ne peux pas sérieusement affirmer que je t'attire, bafouilla-t-elle.

— C'est pourtant ce que j'essaie de te dire. Mais il vaudrait peut-être mieux que je te le montre.

5

Dario se rapprocha de Lyssia et posa la main à l'arrière de sa tête. Le temps suspendit son vol. Il savait qu'il venait de conclure un très mauvais marché avec le diable, de vendre une partie de son âme.

Il avait le contact facile, de nombreuses connaissances partout dans le monde, mais très peu d'entre elles n'étaient pas liées aux affaires. Deux, en fait. Nathan Anderson et Lyssia.

Pour cette raison, la fille de son mentor avait toujours été sacrée pour lui, de même que leur relation. Et voilà qu'il avait forcé la vérité de cette relation à apparaître au grand jour. Là, coincés par la neige et privés d'électricité, ils devaient faire face à l'évidence.

Dario avait agi ainsi, car il était persuadé que Lyssia avait besoin de savoir ce que c'était que d'être avec un homme. Un homme qui la désirait. Un homme qui la respecterait en lui donnant du plaisir. Un homme qui chérirait son corps et sa féminité, qui penserait à elle avant de penser à lui-même, qui répondrait à ses envies et lui ferait découvrir de nouveaux territoires érotiques.

Il ne pouvait pas lui offrir une relation, mais il lui offrirait de l'honnêteté. Et des orgasmes.

Lorsqu'il posa la bouche sur celle de Lyssia, un petit cri qui ressemblait à un bref gémissement s'échappa des lèvres de la jeune femme. Pendant un instant, elle demeura figée, immobile, puis elle s'abandonna. Comme une fleur qui commence à s'ouvrir, ses lèvres s'adoucirent, s'écartèrent, et lorsqu'il glissa la langue contre la sienne, elle répondit à son baiser.

Elle s'agrippa à ses épaules et s'appuya contre lui, le corps pressé contre le sien.

Elle se comportait comme si elle n'avait jamais rien vécu de tel auparavant – ce qui était le cas pour lui, à sa grande surprise. La douceur de sa bouche, son moelleux, lui fit l'effet d'un imprévisible coup de poing. Il avait toujours aimé les femmes, mais il avait su dès qu'il avait commencé à ressentir de l'attirance pour Lyssia que l'alchimie qui existait entre eux, et dont elle n'était pas consciente, représentait un réel danger. Elle poussa un vrai gémissement, comme soumise à une force qu'elle ne maîtrisait pas, et s'accrocha à lui de plus belle tandis qu'elle rendait son baiser plus audacieux.

Alors, Dario la plaqua au sol devant la cheminée et s'abandonna au désir impérieux qui les ensorcelait. Il lui dévora la bouche avec fougue. Leur attirance mutuelle était un volcan endormi qui s'éveillait soudain, pulsait de la lave en fusion dans leurs veines. Il ne pouvait plus contrôler cette éruption, lui qui avait pourtant parfaitement géré ce risque des années durant.

Les dés étaient jetés, impossible de revenir en arrière.

Il lui enleva son sweat-shirt, puis sa chemise. Bon sang, comme elle était belle ! Bien au-delà de ce qu'il avait imaginé. Elle portait un soutien-gorge blanc en fine dentelle qui laissait apparaître l'ombre pâle de ses mamelons. Sous les bonnets du soutien-gorge, une délicate chaînette dorée, reliée au tissu par trois ou quatre fines attaches, formait des vagues sur sa peau douce.

— Il était dans ta valise qui s'est éventrée en bas de l'escalier, non ? C'était pour séduire Carter ?

— Oui. Mais je...

— Et aujourd'hui, tu le portes pour me séduire ?

Elle rougit et s'esclaffa.

— Non, je ne suis pas aussi courageuse.

— Pourquoi penses-tu que tu n'es pas courageuse ?

— Je ne le suis pas, bredouilla-t-elle. Je...

Il lui saisit le menton et la regarda droit dans les yeux.

— Tu *es* courageuse. Tu n'as pas été beaucoup mise à l'épreuve dans ta vie, mais cela ne veut pas dire que tu ne l'es pas. Je sais que tu as l'impression de ne pas avoir été forte aujourd'hui, mais si tu avais été seule, tu te serais très bien débrouillée, j'en suis certain. Laisse-moi te montrer à quel point tu es courageuse.

Il embrassa à nouveau sa belle bouche rose. Lyssia se cambra contre lui. Ses mains délicates passèrent sur ses épaules et descendirent le long de son dos. Elle tremblait. Il comprit qu'elle avait envie de lui autant qu'il la désirait.

— Alors, voulais-tu me séduire ? murmura-t-il contre ses lèvres.

Elle baissa les yeux.

— J'étais... je commençais à me faire à l'idée.

— Regarde-moi.

Elle obéit et ses beaux yeux bleus rencontrèrent les siens. Il lui embrassa le cou, puis la courbe délicate et rebondie de ses seins, puis le ventre. Il saisit la ceinture de son jogging en cachemire doux et le fit glisser le long de ses jambes, révélant une culotte en dentelle assortie au soutien-gorge, elle aussi agrémentée de chaînettes dorées.

— Dis-moi si tu voulais me séduire, ordonna-t-il.

— Je... en visitant ma chambre, je me suis imaginée dans la baignoire avec toi. Et ça m'a secouée, parce que je... j'ai toujours cru que ce que je ressentais pour toi n'était rien d'autre que de l'animosité. Parce que c'était plus facile. Tellement plus facile que de ressentir une attirance sauvage pour un homme plus âgé qui me prend pour une idiote.

— Je ne pense pas que tu sois une idiote, dit-il en glissant le bout de ses doigts sous la ceinture de sa culotte. Tu es belle, intelligente et courageuse. Tu trouveras ta voie.

— S'agit-il d'un séminaire de motivation ou sommes-nous sur le point de faire l'amour ?

C'était tout Lyssia, cette remarque piquante ! Et au lieu de l'agacer, cela l'excitait encore plus. Il avait pactisé avec le diable. Sa décision était prise.

— Oh ! nous allons faire l'amour ! Tu n'as pas idée du temps que j'ai attendu pour ça.

— Ah bon ?

— Tu représentes un problème que j'ai jusqu'ici fait de mon mieux pour éviter. J'ai louvoyé pour ne pas le résoudre comme je l'aurais voulu, parce que cela n'aurait créé que des difficultés et des complications dans ma vie. Si ton père l'apprenait...

— Il te tuerait.

— Très probablement.

— Il n'a pas besoin de l'apprendre.

— Non, en effet. Et toi, tu as besoin de découvrir ce que cela fait d'être désirée par un homme qui te veut vraiment.

Dario lui prit la main et la posa sur la bosse qui déformait le devant de son pantalon. Lyssia écarquilla les yeux, la respiration saccadée. Puis elle le caressa lentement à travers le tissu.

— Tu es... plutôt très bien doté, dit-elle d'une voix rauque.

— La voix de l'expérience ?

Elle ne répondit pas et se mordilla la lèvre inférieure.

— Je m'efforcerai de ne pas te décevoir, déclara-t-il.

— Je ne suis pas inquiète.

Il plongea la main plus loin dans sa culotte, entre ses jambes. C'était lisse et chaud. Elle était prête pour lui. Elle se cambra vers le haut. Dario commença à la caresser lentement, les yeux rivés sur son beau visage aux pommettes rosies par le plaisir.

Il songea que c'était la première fois qu'il faisait l'amour avec une femme qu'il connaissait. Certaines de ses relations avaient duré quelques jours, voire quelques semaines, mais il n'avait jamais appris à connaître aucune de ses partenaires. Il connaissait Lyssia. Il savait d'où elle venait. Il savait comment elle avait grandi. Il avait été dans la maison de son enfance. Il avait vu une enfant sage devenir une adolescente boudeuse, puis une femme superbe.

Il la connaissait. Et il connaissait son père, qu'il respectait. Il savait que si son père l'apprenait, cela compromettrait la seule vraie relation qu'il avait dans sa vie. Et pourtant, il était là.

C'était la plus douce des manières de la connaître. Il n'aurait jamais pensé que le sexe avait ce pouvoir, mais il devait bien se rendre à l'évidence. La caresser tandis qu'elle laissait tomber la tête en arrière et ondulait le bassin contre sa main créait une connexion presque surnaturelle, les rapprochait mieux que toutes les discussions n'auraient pu y parvenir.

— Tu aimes ?

— Oui, haleta-t-elle.

— Que veux-tu ?

— Toi !

— Sois courageuse : que veux-tu *vraiment* ?

Dario avait dépassé toutes les bornes, franchi toutes les lignes rouges, fonçait vers sa perte et sa destruction. Mais s'il n'avait pas été prêt à prendre le risque de l'anéantissement, il n'aurait pas vendu son âme au diable pour vivre ce moment.

Le prix était élevé, mais le jeu en valait la chandelle. Il était obsédé, devenu tout entier désir pour cette femme qui poussait de petits cris sous sa caresse. Il n'y avait rien en dehors de ces instants. Plus de règles, de morale, aucune conséquence.

Juste eux deux, ici et maintenant.

— Je te veux en moi, souffla-t-elle, la voix hachée. Je t'en prie. Je t'en supplie.

Étouffant un juron, il enfonça alors un doigt en elle. Lyssia ne put retenir un long cri de gorge, une sorte de feulement fichtrement érotique. Dario vit que les prémices d'un orgasme commençaient à la parcourir. Elle avait la chair de poule. Ses joues étaient rouges, désormais.

Il enfonça un deuxième doigt en elle et accéléra le mouvement de la partie charnue de son pouce contre son clitoris. Elle inspira et expira plusieurs fois très vite, puis cria, l'avant-bras posé sur les yeux, le corps agité de soubresauts.

— Dario, murmura-t-elle lorsque les tremblements se furent apaisés.

Quelque chose venait à la fois de s'achever et de commencer. Un nouveau monde, une nouvelle ère s'ouvraient. Un univers parallèle. Quoi qu'il en soit, Dario avait le sentiment très net qu'il avait perdu le contrôle de la situation.

Une seule chose n'avait pas changé : il voulait Lyssia Anderson, et il allait l'avoir.

6

Lyssia, encore alanguie de plaisir, avait du mal à réaliser ce qu'elle venait de vivre. Elle peinait à croire que Dario venait de la toucher jusqu'à l'orgasme, et qu'elle avait exigé qu'il le fasse.

Qu'est-ce qui ne tourne pas rond chez toi ?

C'était comme si un grand voile s'était déchiré. Elle avait l'impression que tous les mensonges qu'elle s'était racontés pendant des années avaient été réduits en cendres.

Elle était complètement perdue.

Toutefois, une certitude émergeait au milieu de son chaos mental : elle désirait Dario. Et en plongeant dans ses yeux sombres et flamboyants, elle savait avec une certitude absolue qu'elle l'avait toujours désiré. Mais le besoin absolu et magnétique qui la traversait comme un courant électrique était plus profond et plus intense qu'elle ne l'avouerait jamais.

Ce qu'elle s'avouait volontiers, en revanche, c'était que ce désir refoulé était à l'œuvre chaque fois qu'elle avait été tentée de mal se comporter pour attirer son attention lorsqu'elle était son assistante, chaque fois qu'elle l'avait rabroué au lieu de se montrer simplement polie, chaque fois qu'elle avait fait la tête en lui apportant son café.

Lorsqu'elle l'avait trouvé ici, au moment de son arrivée, ce n'était pas sa présence qui l'avait mise en colère, mais de se rendre compte que malgré ses efforts pour essayer de désirer un autre homme que lui, c'était impossible. Elle ne pouvait tout simplement pas désirer un homme comme elle désirait Dario. Être agacée par lui était bien plus excitant qu'être attirée par Carter. Être agacée par lui, furieuse, rancunière, jalouse n'avait jamais été qu'un symptôme, la manifestation de son désir contrarié.

Oh ! comme elle voulait cet homme...

— Fais-moi l'amour, murmura-t-elle.

Aussitôt, elle se demanda à qui appartenait cette voix rauque qui venait de sortir de sa bouche. Était-elle en train de se transformer en une créature totalement différente ? En tout cas, elle voulait se montrer courageuse. Dario lui avait dit qu'elle l'était, elle entendait se montrer à la hauteur. Et voir ses envies satisfaites, même si celles-ci n'étaient pas encore claires dans son esprit. Si elle n'avait aucune expérience pratique, elle n'était pas complètement innocente, mais lorsqu'elle s'était imaginé avoir des relations sexuelles, cela n'avait jamais été de manière détaillée. Et après cette première expérience avec Dario, elle pressentait que ce serait plus... physique et charnel que ce qu'elle avait vaguement prévu.

Devenir une créature totalement différente.

Elle n'avait jamais été tactile ou sensuelle. Elle avait toujours eu la volonté de plaire, certes, mais l'avait vécu comme une contrainte. Elle avait voulu rendre fier son père. Être acceptée. Pas parfaite, car elle n'était pas un robot et connaissait ses défauts. Elle s'était contentée de vivre dans un espace limité où elle pouvait combler le vide laissé par la mort de sa mère, effrayée par le monde, consciente de la fragilité de la vie, tâchant de faire son deuil tout en essayant d'aller de l'avant et de guérir.

Elle avait voulu réussir par elle-même, mais elle n'était pas allée au bout de ses ambitions ; car, comme l'avait finement souligné Dario, ses motivations n'étaient pas les bonnes.

Elle désirait réussir pour être reconnue, acceptée, et non par passion pour ce qu'elle faisait.

Mais en cet instant, avec Dario, il ne s'agissait pas de faire plaisir à qui que ce soit à part elle-même. Elle voulait cet homme, et elle allait l'avoir.

Pas ailleurs que dans cette pièce.

Pas pour toujours.

Seulement ici et maintenant, l'étincelle d'un désir qu'elle allait laisser s'embraser, se déchaîner, la consumer.

Et cette perspective la rendait heureuse comme jamais.

Personne d'autre ne le saurait, cela resterait leur secret. Juste ce soir. Juste ce moment d'éternité – qui la faisait se sentir tellement vivante ! Puisque ce serait sa seule et unique nuit avec Dario, alors elle pouvait être qui elle voulait être. Et lorsqu'ils seraient libérés de leur prison de neige, leur relation reprendrait son cours normal. De toute façon, elle était réaliste : tout cela ne signifiait pas grand-chose pour Dario.

Lyssia le regarda droit dans les yeux.

— Déshabille-toi ! ordonna-t-elle.

Dario haussa les sourcils, l'air à la fois amusé et incrédule.

— Tu me donnes des ordres, maintenant ?

— Je veux te voir.

— Ah oui ?

— Oui. Tu es magnifique. Le plus bel homme que j'aie jamais vu. Et je dois me confronter à cette réalité depuis des années. Tu as raison : je voulais la contrôler.

— Peut-être, mais maintenant, tu vas te rendre. Je ne vais pas me déshabiller tout de suite. C'est toi qui vas te déshabiller pour moi.

Au lieu de l'irriter, son ton autoritaire renforça son excitation, qui pulsait entre ses jambes. Elle avait déjà eu un orgasme, mais elle pressentait qu'un autre se préparait. Pourtant, Dario ne la touchait pas : c'était juste la façon dont il la regardait. Jamais son corps ne s'était senti aussi beau. Aussi puissant. Parce que Lyssia voyait nettement la concupiscence et la convoitise luire dans le regard de Dario. Ce n'était pas un caprice despotique : il avait *besoin* de la voir nue, de la toucher.

Elle s'assit, se passa une main dans le dos et dégrafa son soutien-gorge, qu'elle retira et jeta au sol. Il dévora sa poitrine des yeux. Lorsqu'elle ne put plus supporter la brûlure délicieuse de son regard, Lyssia se leva avec lenteur. Tout aussi lentement, elle fit descendre sa petite culotte le long de ses jambes. Puis, du bout du pied, elle l'envoya de l'autre côté de la pièce. Elle posa les mains sur les hanches et, bravache, le défia du regard.

— C'est ce que tu voulais ?

Il poussa une sorte de rugissement étouffé et se mit à genoux. Puis il attrapa ses fesses, une dans chaque main, et attira son bassin vers sa bouche avide. Dario entreprit de la lécher délicatement, tendrement, comme s'il dégustait un cornet de glace. Tout d'abord surprise, et un peu gênée, Lyssia se laissa vite emporter par l'exquise caresse – après tout, n'était-ce pas sa soirée ? Elle enfonça les doigts dans les cheveux de Dario et changea légèrement de position pour lui faciliter l'accès à son intimité.

C'était... non, elle n'avait pas les mots, sa raison s'éparpillait au gré des coups de langue précis de son amant. Elle n'avait jamais rien ressenti d'aussi divin. Ses hanches ondulaient contre le visage de Dario, qu'elle maintenait entre ses jambes. Cette position était d'un érotisme torride. Elle haletait à présent. Des frissons de plus en plus violents prenaient naissance là où les lèvres et la langue de Dario caressaient, aspiraient, suçaient.

Et soudain, l'univers explosa en millions d'éclats scintillants.

Langoureuse et vibrante, Lyssia avait l'impression d'être à la fois légère comme un nuage et lourde comme un rocher lorsque Dario la déposa sur l'immense lit à baldaquin. Penché au-dessus d'elle, il posa les lèvres sur les siennes. Elle goûta le suc de son propre désir et son propre plaisir. Là encore, nulle gêne. Aucune place pour l'embarras ou la pudeur entre eux. Seulement le désir, simple, évident, partagé. Lyssia voulait en capturer chaque éclat.

Dario s'écarta d'elle et fit passer sa chemise par-dessus sa tête, révélant son torse admirable, doré, parsemé de poils sombres, le dessin de ses pectoraux et de ses abdominaux parfaitement sculptés.

Puis il ôta le bas.

Mon Dieu...

Lyssia n'avait jamais contemplé un homme nu en chair et en os – *et en muscles*, songea-t-elle en détaillant son corps de statue grecque.

Hum... Si elle se souvenait bien, les statues classiques qu'elle avait vues n'avaient pas un sexe aussi impressionnant. Celui de Dario était fièrement érigé, tendu, gracieux malgré sa taille imposante. Il mettait en valeur ses jambes d'athlète.

Lorsque Lyssia constata qu'elle avait l'eau à la bouche, elle cilla plusieurs fois.

— Je... je prends la pilule, l'informa-t-elle.

Sa gynécologue lui avait conseillé et prescrit un contraceptif faiblement dosé pour soulager ses règles. Elle se félicitait d'avoir suivi le conseil de la praticienne, car elle n'était pas certaine que Dario avait apporté des préservatifs.

— Parfait, se contenta-t-il de répondre.

Il s'allongea contre elle et l'embrassa profondément. La chaleur de son grand corps nu contre le sien électrisait Lyssia.

— Dario..., murmura-t-elle.

— *Bella*, chuchota-t-il contre sa bouche. *Bellissima.*

Elle frissonna. Elle n'aurait jamais imaginé être le genre de femme que les mots doux susurrés dans une langue étrangère faisaient fondre, et pourtant...

Il lui prit la cuisse et lui posa la jambe sur sa hanche. Son érection frôla alors son clitoris, envoyant des étincelles dans tout son corps. Elle avait déjà joui deux fois, et pourtant elle ne pouvait plus attendre. Elle avait besoin de le sentir en elle. Un besoin vital, désespéré.

Enfin, il se positionna à l'orée de sa féminité et, d'une poussée, la pénétra.

— Aïe ! cria-t-elle en lui agrippant les épaules.

— Lyssia ? demanda-t-il d'une voix inquiète, soudain immobile.

Une litanie de jurons lui traversa la tête et elle tenta de se ressaisir. Elle ne s'attendait pas à avoir mal. Du moins pas vraiment.

— Je... je croyais que l'hymen était une sorte de mythe, bafouilla-t-elle en luttant contre la douleur.

— Quoi ?! s'exclama Dario.

Il commença à se retirer, mais elle posa les mains sur ses hanches pour l'en empêcher.

— Reste.

— J'ai rêvé ou tu viens de m'avouer que tu étais vierge ?

Il avait l'air plus que contrarié : vraiment en colère.

— On dirait bien que oui, mais... tu sais, je pensais que toutes ces histoires autour de la virginité faisaient partie du discours patriarcal conçu pour effrayer les femmes. Pour les contrôler. Je n'ai pas vraiment cru que ça faisait mal la première fois.

— Les femmes elles-mêmes disent que ça fait mal, Lyssia ! Tu pensais aussi qu'elles mentaient ?

— Non, mais... je ne sais pas, peut-être qu'elles ne faisaient que répéter les mensonges des hommes... qu'elles se persuadaient que...

— Si tu me l'avais dit, coupa-t-il, j'aurais pris plus de précautions.

— Tu en as pris. Mais tu es... tu as une grosse..., bredouilla Lyssia en rougissant.

— Si tu étais vierge, comment le saurais-tu ?

— Ce n'est pas comme si je n'avais jamais vu de photos d'hommes nus.

Dario leva les yeux au ciel en soupirant.

— Lyssia, tu ne peux pas me dire que je viens de te déflorer !

— Je ne te le dirai pas, parce que c'est un terme ignoble.

Elle essayait de paraître détendue, cool, alors que Dario était toujours à moitié en elle et lui parlait comme s'ils prenaient le thé ; alors qu'elle se sentait affolée et bouleversée. Elle ne voulait pas que sa première expérience sexuelle s'achève ainsi.

Et, surtout, elle voulait Dario.

Hélas, elle avait eu mal et elle n'avait pas pu se retenir de crier. Et de nouveau, Dario fit mine de se retirer. Elle le retint plus doucement, mais avec plus d'insistance.

— S'il te plaît, ne me laisse pas. J'ai juste besoin d'une minute.

Il ne répondit pas, mais resta fiché en elle. Lyssia s'habituait à la sensation de son sexe dur qui palpitait en elle. C'était agréable. Très... étonnant. Et puis, alors que la douleur s'estompait lentement, le désir revint par vagues. Dario recommença à bouger. Doucement. Lentement. Avec mille précautions. Et qu'il soit relié à elle de toute sa longueur la comblait au-delà du seul plaisir sexuel.

Elle avait naïvement cru qu'elle garderait un certain contrôle sur la situation, qu'elle pourrait pouvoir avoir des relations charnelles détachées de tout lien émotionnel.

Or ce n'était pas ce qu'elle vivait. Pas maintenant. Pas avec lui.

Pourquoi est-ce que cela arrive précisément avec lui ? se demanda-t-elle. Elle ne pouvait pas ressentir toutes ces émotions avec lui ; elle n'en avait pas le droit.

Mais les va-et-vient de plus en plus rapides et intenses de Dario brouillaient ses pensées. Son cerveau disjoncta. Elle n'était plus qu'un corps fourmillant de sensations. Elle n'était plus que gémissements et halètements. Elle ne pouvait que ressentir. Continuer. Se perdre.

Il lui tenait les hanches et la regardait droit dans les yeux tandis que leurs corps s'accordaient, bougeaient en rythme, comme s'ils l'avaient déjà fait des centaines de fois, comme s'ils se connaissaient déjà. Chaque coup de reins de Dario la rapprochait de l'anéantissement.

Lorsque Lyssia vit se troubler le beau regard de son amant, que son grand corps se tendit, elle se laissa emporter par le tourbillon velouté de l'orgasme. Ce tourbillon devint tornade lorsque, dans un long cri voilé, Dario pulsa au plus profond d'elle. Et de son âme.

Elle s'accrocha à lui lorsqu'il retomba à plat dos sur le lit en la faisant pivoter pour qu'elle se retrouve sur lui.

Elle ne s'autorisa pas à pleurer alors que les larmes étaient là, au bord de ses paupières. Parce qu'elle ne pouvait pas baisser sa garde à ce point. Parce qu'elle ne pouvait pas admettre que cela avait été aussi intense, aussi puissant.

— Tu aurais dû me le dire, déclara Dario.

Ils avaient repris leurs esprits et une respiration normale, allongés côte à côte. Lyssia grimaça. Cela lui faisait mal qu'il soit si brusque et si froid, mais il ne fallait pas qu'elle attende quoi que ce soit de sa part.

Elle avait été persuadée que faire l'amour serait sans conséquence. Elle savait mieux que quiconque qu'il ne fallait pas dépendre émotionnellement de quelqu'un, car la vie se chargeait de vous savonner la planche. Elle n'était qu'une petite fille quand sa mère était morte, et cette perte l'avait paralysée.

Pourtant, elle se sentait déjà en manque de Dario. C'était dangereux. Elle avait envisagé le sexe comme une distraction agréable qui la ferait se sentir spéciale ou chérie, peut-être même unique pour quelqu'un – quelqu'un comme Carter, par exemple. Elle n'avait pas anticipé la possibilité que ses émotions soient affectées, broyées. Elle n'avait pas anticipé que cela pourrait la brûler vive.

Mais elle n'était pas assez bête pour s'entêter dans cette voie sans issue. Pas assez bête pour s'accrocher à un homme pour lequel cela n'avait été que du sexe.

— Eh bien, je ne te l'ai pas dit. Je pensais que ce n'était pas important. Je pensais que cela ne te regardait pas.

— Tu étais prête à séduire Carter. C'est comme ça que tu comptais perdre ta virginité ?

— On se fiche de la virginité ! s'exclama Lyssia, la gorge soudain serrée. Cela ne veut rien dire ! Alors s'il te plaît ne me crie pas dessus, ne me fais pas de reproches. Nous venons juste de... d'être ensemble, et je ne peux pas... je ne peux pas...

Elle allait s'effondrer lorsque Dario l'entoura de ses bras puissants et protecteurs. Soulagée, elle enfouit la tête dans le creux de son cou. La sensation de son corps musclé contre le sien chassa ses angoisses.

— Je suis désolé, murmura Dario. Je ne voulais pas être dur avec toi. Mais il faut que je te dise que je suis le genre d'homme qui...

— Je sais, le coupa-t-elle. C'est juste ici et maintenant. Quitte à être bloqués ensemble, soyons vraiment ensemble pour partager de tels moments. Seulement pour ça.

— Ça pourrait s'arrêter demain, tu sais...

— Je sais, dit doucement Lyssia. J'en suis consciente et je l'accepte.

Elle n'était pas sûre d'accepter la situation, se sentait même plutôt encline à hurler qu'elle n'était pas d'accord et se demandait pourquoi elle avait parlé avec autant d'aplomb quand elle était incapable de nommer les émotions qui la traversaient.

Peut-être parce qu'elle avait besoin d'y croire elle-même, bien plus qu'elle n'avait besoin que Dario y croie.

— D'accord. Si c'est ce que tu veux...

— C'est ce que je veux, affirma-t-elle.

Pendant trois jours, le monde disparut. Il n'y avait qu'eux deux, nus dans cette chambre, alternant périodes de sommeil et ébats fiévreux, passionnés, sauvages ou plus tendres. Ils ne se levaient que pour aller chercher de la nourriture, utiliser la salle de bains ou remonter du bois pour la cheminée.

Plus jamais Dario n'aborda son manque d'expérience. D'ailleurs, ils se parlèrent peu. Ils faisaient l'amour, ils se sustentaient et ils dormaient.

Très vite, Lyssia oublia le caractère improbable de la situation et le caractère improbable de leur relation. Dès le lendemain de leur première étreinte, elle ne se souvenait plus de l'époque où elle ne connaissait pas le corps de Dario.

Elle ne pouvait pas imaginer revenir en arrière.

C'était simplement *impossible*.

Mais dans le courant du troisième jour, Dario revint dans sa chambre en pantalon de survêtement, l'air sombre, et la rejoignit dans la salle de bains.

— Ton père vient d'arriver. Son hélicoptère a atterri devant le chalet.

En train de chanter sous la douche, elle n'avait rien entendu.

— Mon Dieu !

— Habille-toi, dit-il d'un ton brusque.

Elle obéit, parce qu'il n'y avait rien d'autre à faire.

Puis elle jeta un coup d'œil par la fenêtre. Elle aperçut non seulement son père, mais aussi un chasse-neige et une équipe de sauveteurs. Qui se mirent aussitôt à l'ouvrage pour les libérer.

Le déneigement de l'accès au chalet dura plusieurs heures. Pendant tout ce temps, Lyssia resta assise avec Dario dans le grand salon. Aucune parole, aucune caresse ne fut échangée.

Lorsque la porte s'ouvrit et que son père apparut, le masque que portait Dario était si convaincant que même elle n'aurait pas pu deviner tout ce qui se cachait derrière.

Même elle n'aurait jamais pu croire qu'ils avaient été amants.

Il était redevenu le Dario qu'elle avait toujours connu.

Alors, elle essaya elle aussi de redevenir la Lyssia d'avant.

— Je suis tellement heureux que tu aies survécu ! lança son père.

À son ton, elle se rendit compte qu'il plaisantait à moitié. Mais pas tout à fait.

Lorsqu'ils quittèrent ce cocon pour grimper dans l'hélicoptère, Lyssia comprit qu'ils ne pourraient jamais revenir en arrière.

Et tout son être se brisa en deux.

7

Six semaines après leur retour d'Europe, Dario n'avait toujours pas revu Lyssia. Celle-ci n'avait même pas cherché à le joindre.

Pourquoi l'aurait-elle fait ? se demanda-t-il en allumant l'ordinateur qui trônait sur son immense bureau. Après tout, c'était lui qui avait fait comprendre à la jeune femme que ce qui s'était passé au chalet devait rester au chalet.

Pourtant, il pensait à elle. Tout le temps. Et il rêvait d'elle toutes les nuits. Il ne s'intéressait plus aux autres femmes, ce qui était lugubre et anormal. Et cela commençait à affecter son travail.

Dans le même temps, il avait l'impression que quelque chose avait changé en lui, et tout lui paraissait... faux. Il détestait cette impression que le monde était désaxé, il détestait mariner dans ses sentiments – d'ailleurs, il détestait les sentiments.

Il parcourut rapidement les courriels fraîchement arrivés et cliqua sur la lettre d'information envoyée à la liste d'abonnés du groupe Anderson. Elle annonçait un partenariat entre l'entreprise de Lyssia et celle de son père.

— Il était temps, marmonna-t-il.

Dario savait qu'elle avait résisté, mais elle avait eu raison de céder : ce partenariat allait sauver son entreprise d'aménagement intérieur. L'espace d'un instant, il songea que c'était peut-être grâce au temps qu'ils avaient passé ensemble. Il voulait y croire.

Pourquoi ? Qu'est-ce que ça peut te faire si tu l'as influencée d'une manière ou d'une autre ?

Le téléphone fixe clignota sur son bureau. Il vit que l'appel provenait de son assistante. Il décrocha.

— Monsieur Rivelli, le bureau de Lyssia Anderson a appelé. Elle a demandé un rendez-vous avec vous dans la matinée.

— Je suis occupé, dit-il par réflexe.

— Elle savait que vous répondriez cela, mais elle a dit qu'elle avait une offre à vous faire, ainsi que des informations à vous communiquer.

— Des informations ?

Qu'est-ce que Lyssia pouvait bien avoir à lui proposer ?...

— J'ai des réunions.

— Elle savait que vous diriez cela aussi. Elle a demandé s'il était possible que vous acceptiez un rendez-vous maintenant.

— Maintenant ? répéta-t-il, surpris.

— Elle est à la réception.

Il avait une réunion dans dix minutes. Il allait l'annuler. Lyssia était là, et il voulait entendre ce qu'elle avait à lui dire. Était-ce en lien avec l'annonce de ce partenariat avec Anderson Luxury Brand ? Peut-être allait-elle essayer de le convaincre d'utiliser ses talents pour redécorer ses propriétés. Ce serait malin de sa part. Et s'il voyait plus loin, pourquoi ne pas réfléchir à un thème déclinable pour tous les centres de villégiature du groupe, dont il était sur le point de devenir propriétaire ?

— Très bien, dit-il à son assistante. Déplacez ma réunion et faites-la monter.

Il jeta un coup d'œil circulaire à la pièce. Les fenêtres du vaste bureau donnaient sur la ville en contrebas. Il avait toujours aimé cette vue de Manhattan, surtout quand, à l'automne, les couleurs de Central Park changeaient.

En arrivant à New York pour la première fois, il avait eu l'impression de commencer une nouvelle vie. Et c'était ce qu'il s'était passé. Il avait été impressionné par cette ville animée, bruyante, qui ne dormait jamais. Il s'y était senti tout petit, levant sans cesse la tête pour regarder les gratte-ciel. Aujourd'hui, il les contemplait depuis le dernier étage de son propre immeuble.

La porte du bureau s'ouvrit.

Lorsque Lyssia entra, il eut l'impression que son cœur allait exploser.

Elle était magnifique. Ses cheveux blonds étaient ramenés en arrière en un chignon bas, ses courbes étaient magnifiquement mises en valeur par une robe fourreau blanche, un délicat médaillon doré pendait à son cou et ses chaussures étaient d'un rose éclatant.

Elle ressemblait à une version plus raffinée d'elle-même. Et tout aussi sublime.

— Merci de m'avoir reçue à la dernière minute, dit-elle.

Elle tenait un dossier à la main. Dario faillit éclater de rire en entendant le ton froid et professionnel qu'elle avait employé pour s'adresser à lui. Avait-elle oublié que quelques semaines auparavant, elle criait de plaisir nue entre ses bras ?

— Tu devrais savoir que tu n'as pas besoin d'un rendez-vous professionnel pour me voir.

— Si, car je voudrais que nous parlions affaires. J'ai deux choses importantes à discuter avec toi. Je suppose que tu as vu l'annonce concernant le groupe Anderson et moi.

— En effet. Qu'est-ce qui a déclenché tout cela ?

— Moi. J'ai exposé précisément ce que je voulais.

Elle avait les yeux brillants d'enthousiasme. Bizarrement, Dario se sentit fier d'elle. C'était une autre facette d'elle, dont il avait toujours su qu'elle existait et ne demandait qu'à être encouragée.

— Je souhaite que nous travaillions ensemble. J'aimerais que tes centres de villégiature adoptent ma gamme d'articles pour la maison et certains de mes meubles. Maintenant que j'ai signé un contrat avec Anderson, je peux me permettre de diversifier et de proposer des meubles plus grands. J'ai plusieurs options qui, je pense, pourraient te plaire et coller à la philosophie de l'entreprise. Je suis également prête à te proposer des créations exclusives.

— Je suppose qu'ils sont fabriqués à partir de matériaux recyclés ?

— Tu trouveras les informations sur notre empreinte carbone et notre éthique écologique dans la documentation que je t'ai apportée. Je pense que tu ne trouveras rien à y redire.

Elle lui tendit son dossier. Il le prit et commença à le feuilleter.

— J'ai besoin de temps pour...

— Bien sûr, l'interrompit-elle, je comprends. Mais il y a encore une chose dont je dois te parler.

— De quoi s'agit-il ?

— Un accord de garde. Je suis enceinte et le bébé est de toi. Nous devons donc régler ensemble quelques détails logistiques.

8

Bouche bée, Dario la dévisageait comme si elle avait un troisième œil au milieu du front. Lyssia était très fière d'être parvenue à ne pas se briser en mille morceaux au moment où elle lui avait annoncé la nouvelle. Elle avait répété son petit discours devant le miroir et passé des heures à préparer sa tenue. Cela avait représenté le plus grand défi qu'elle avait jamais eu à relever.

Mais elle portait des talons hauts fantastiques et avait un plan solide, donc rien ne pouvait lui arriver.

Après la parenthèse enchantée avec Dario, elle était rentrée chez elle et avait réfléchi à ce qu'elle allait faire de son entreprise. Elle avait beaucoup médité les paroles de Dario à propos de son supposé courage et du fait qu'elle devrait utiliser les relations de son père. Elles lui avaient donné confiance. Alors elle avait décidé de parler à son père, ce qui s'était révélé plus facile qu'elle ne l'avait imaginé.

Elle avait pu constater qu'il respectait ses idées. Cela l'avait soulagée d'un poids immense : elle avait tellement craint qu'il la prenne de haut, la trouve inintéressante. Au contraire, il s'était montré ouvert, curieux. Il avait eu quelques réticences, certaines légitimes, mais ils avaient discuté et étaient parvenus à un accord qui satisfaisait les deux parties.

Et puis, très vite, la satisfaction avait été chassée par

l'inquiétude quand elle s'était aperçue que ses règles, habituellement très régulières, se faisaient attendre. Après quelques jours à se ronger les sangs, elle avait fait un test de grossesse. Positif. Elle était enceinte.

Sa gynécologue lui avait expliqué que cela pouvait arriver avec les pilules faiblement dosées. En raccrochant, elle avait balancé son portable à l'autre bout de la pièce.

Une fois calmée, elle avait envisagé toutes les options. À un moment, son regard était tombé sur la photo encadrée de sa mère posée sur sa commode. Elle se souvenait à peine du son de sa voix, mais elle se souvenait de ses mains, de leur douceur, de ce qu'elle ressentait lorsque sa mère la touchait, la câlinait, l'embrassait. Lyssia s'était toujours sentie aimée, choyée, chérie pour toujours.

Et puis sa mère était partie.

Lorsqu'elle avait détourné les yeux de la photo, Lyssia avait pris la décision de garder le bébé. Parce que ce fantôme de souvenir était si réel, si bouleversant, et qu'elle voulait devenir mère, avoir un enfant à aimer. Elle était consciente depuis la seconde où elle avait fait ce choix qu'il ne serait pas simple à assumer ; qu'il faudrait l'annoncer à Dario, à son père. Mais comme elle venait alors d'élaborer un business plan très concret et de conclure un marché avec Anderson Luxury Brand, elle avait décidé d'attaquer la question de la garde des enfants de la même manière pragmatique, froide et déterminée.

En constatant que Dario était toujours sans voix, elle se dit qu'elle y était peut-être allée un peu fort dans la froide détermination pragmatique. C'était tout de même un exploit de lui couper ainsi la chique – après tout, n'était-ce pas à son tour de tomber des nues ?

— Lyssia…, bafouilla-t-il finalement, mais il s'arrêta là.

— Je ne savais pas vraiment quelle était la meilleure

façon de te l'annoncer, mais j'ai pensé qu'il valait mieux parler quand j'avais tout prévu. Voici donc ma proposition de garde partagée...

— De *garde* ? répéta-t-il, la voix dégoulinant de dédain.

Alors qu'elle était assise dans la pénombre de sa chambre et qu'elle pensait à son futur enfant, Lyssia s'était rendu compte qu'elle voulait qu'il soit fier d'elle. Dans son esprit, lorsque l'enfant serait avec son père, il ne serait qu'avec lui, et lorsqu'il serait avec elle, il ne serait qu'avec elle. Or il n'était pas question que leur enfant passe d'un père merveilleux auréolé de sa réussite à une mère qui le serait moins. C'est alors qu'elle avait eu l'idée de décrocher également un contrat avec l'entreprise de Dario. Parce qu'elle voulait que son enfant l'admire. Elle voulait faire face de manière mature et adulte, assumer ses responsabilités.

— Oui, de garde, répondit-elle avec fermeté. Nous devons mettre en place un arrangement à l'amiable.

— Comme si nous allions être... coparents ?

— Oui. À moins que tu ne veuilles pas faire partie de la vie de l'enfant. Ce ne serait pas grave. Je suis tout à fait prête à...

— C'est totalement exclu ! la coupa Dario. En aucun cas je n'abandonnerai mon enfant. Et il n'est pas question non plus que mon enfant ne vive pas sous mon toit. Nous allons nous marier, Lyssia.

Ce fut au tour de Lyssia de demeurer bouche bée. Elle leva les yeux pour établir un contact visuel avec Dario. Heureusement qu'il y avait le bureau entre eux, car le magnétisme de cet homme était écrasant. Sans compter l'impact du souvenir de ces longues heures passées dans ses bras...

Avoir vécu cette complicité des corps, cette intimité brûlante n'avait pas éteint l'aura puissante de Dario ni démythifié l'homme. Au contraire, elle avait l'impression d'être dangereusement proche d'un câble à haute tension lorsqu'elle le regardait. Et le pire, c'était qu'une partie d'elle avait envie de poser les mains dessus, quitte à subir un violent choc électrique.

Elle essaya de ne pas s'effondrer et de rester sur ses gardes.

— Nous n'avons pas besoin de nous marier, dit-elle.

— Je ne veux pas que mon enfant grandisse dans un foyer monoparental.

— Le mien l'était, répliqua Lyssia. Mais contrairement à moi, notre enfant aura ses deux parents. Nous nous connaissons depuis des années. Nous pourrons sans problème être courtois l'un envers l'autre.

— Nous pourrions l'être, mais ce ne sera pas nécessaire. Je veux que notre enfant vive sous le même toit que ses parents mariés.

— Pourquoi ? s'écria-t-elle.

Elle parvenait de plus en plus difficilement à maîtriser ses émotions. Elle avait anticipé le cas de figure où Dario ne voudrait pas de l'enfant, qu'il le reconnaisse ou non. Elle avait redouté cette possibilité, mais n'avait jamais envisagé qu'il lui demande de l'épouser. Cela la déstabilisait, chamboulait tous ses plans.

Comment pourrait-elle l'épouser ? Ils n'étaient même pas en couple ! Et puis elle commençait tout juste à relancer son entreprise et à s'habituer à l'idée d'utiliser les relations de son père. Être à la fois la fille de Nathan Anderson et la femme de Dario Rivelli ?...

Peut-être, mais il est le père de ton enfant, que tu le veuilles ou non, donc tu auras toujours un lien avec lui.

Elle serra les dents et chassa cette petite voix insidieuse de sa tête. Dario ne l'aimait pas, et la dernière chose qu'elle souhaitait était d'être liée à un homme qui ne tomberait jamais amoureux d'elle. Sans compter que les relations de Dario avaient une espérance de vie proche de celle des éphémères...

Elle avait fait l'amour pour la première fois quelques semaines auparavant. Il devait y avoir beaucoup d'expériences à vivre dans le vaste monde, avec des hommes qui seraient peut-être plus son genre – qu'elle n'aurait même pas su décrire...

— Tu me demandes pourquoi ? dit Dario. Mais quelle meilleure raison de se marier qu'un enfant ?

— L'amour ?

— L'amour est une chimère. Certaines personnes sont très fortes pour se perdre dans sa quête, mais celles qui ont vécu comme j'ai vécu n'ont pas ce luxe. Moi, je crois seulement ce que je peux voir, sentir et toucher.

— Dario...

Il leva la main et elle se tut.

— Après la mort de ma mère, mon père n'avait plus les moyens de subvenir à mes besoins. Alors il m'a vendu à une famille qui m'a utilisé comme une sorte d'esclave, de garçon à tout faire. Je sais que cela aurait pu être pire, mais je devais effectuer toutes les tâches pénibles dans la maison. Voilà comment mon père m'aimait. Alors je ne laisserai jamais mes enfants vivre dans l'instabilité, le doute, l'angoisse.

Lyssia avait l'atroce impression d'être aspirée dans un puits sans fond.

Dario avait été *vendu* ?

Ce petit garçon qu'elle avait vu dans son imagination dormir dans la rue et qui lui avait serré le cœur était soudain là de nouveau, près d'elle. C'était comme si le monde n'était plus que peur et douleur, une forêt sombre dans laquelle des loups hurlaient à la mort. Il lui était difficile de se représenter ce qu'il avait traversé. Elle avait eu et avait encore des conflits avec son père, et elle s'était peu à peu faite à l'idée qu'il ne l'aimait pas autant que sa mère l'avait aimée. Mais il ne l'avait jamais mise en danger d'aucune façon. S'il avait été confronté à la pauvreté, il aurait pris soin d'elle sans se poser de questions. Il aurait tout sacrifié pour elle.

Ce que Dario avait subi était horrible, barbare.

— Je... je ne sais pas quoi dire, Dario. C'est terrible.

— Tu comprends pourquoi j'insiste sur le mariage.

— Non, je ne comprends pas pourquoi tu penses que nous devons être mariés pour que notre relation soit stable et que notre enfant bénéficie de notre soutien total et entier. Nous pouvons nous arranger autrement... Tu fais partie de ma vie, je fais partie de la tienne, nous ne sommes pas ennemis : cela devrait être possible. Et simple.

— Je ne peux pas accepter. Mon enfant aura ce qui est le meilleur pour s'épanouir.

— Je ne pensais pas que tu voulais des enfants. Tu es Dario Rivelli et quand tu veux quelque chose, tu l'obtiens.

— Je ne voulais pas d'enfants. Mais tu portes le mien. Aucun autre homme que moi n'élèvera mon enfant. Tu as déjà pensé à ce genre de solution ? À convaincre ce gentil toutou de Carter de jouer ce rôle ?

— Non. Je suis venue te voir dès que j'ai compris ce que je voulais faire. Je suis venue te voir dès que la situation a été claire dans ma tête. Je fais ce que tu m'as dit : je prends le contrôle. Je n'ai pas peur. Je pense que c'est la meilleure solution pour...

— Tu te trompes. La meilleure chose pour notre enfant, pour nous tous, serait que nous formions une famille.

— À quoi cela ressemble-t-il pour toi ?

— À un foyer uni. Pense aux articles qui seront écrits sur toi et moi si nous élevons un enfant sans jamais avoir été ensemble ?

— C'est ce qui t'inquiète ? Tu sais, plus personne ne se soucie de ce genre de choses, à notre époque.

— Tu n'empêcheras jamais les gens de spéculer. Tu n'empêcheras jamais la malveillance, la jalousie, la méchanceté. Le monde est cruel, Lyssia. Je veux préserver notre enfant de cette cruauté. Je ne lui donnerai jamais une raison de douter de mon dévouement. Je serai toujours là pour lui. Si nous faisons mal les choses, nous ne pourrons pas revenir en arrière et les corriger. Si nous agissons de travers dès le début, ce sera irrattrapable.

— Si nous communiquons avec notre enfant, que nous lui expliquons les choses, rien ne sera irrattrapable.

Dario poussa un long soupir excédé et la dévisagea longuement.

— Très bien, tu ne me laisses pas le choix. Je crois que tu attends quelque chose de moi, Lyssia. Tu veux que nous fassions affaire. Épouse-moi, et tu remportes le marché que tu convoites.

Lyssia reçut ses paroles comme une gifle. Elle se redressa et posa les poings sur les hanches, menton levé, prête au combat.

— Tu te moques de moi ? lança-t-elle d'une voix sourde, vibrante de colère rentrée. C'est la proposition la plus ignoblement sexiste que j'aie jamais entendue. Je devrais t'épouser pour obtenir un contrat ? Ma réussite ne serait pas basée sur mon talent ou mon mérite ?

— Tu pensais vraiment que ce serait le cas ? Tu débarques dans mon bureau avec une proposition commerciale, certes, mais également déterminée à m'imposer tes conditions quant à la garde de notre enfant. En même temps que j'apprends que je vais devenir père, tu me proposes un partenariat professionnel. Les deux sont liés, forcément. Comment veux-tu que ma décision de chef d'entreprise soit neutre ?

Lyssia était en effet partie du principe que Dario était avant tout un homme d'affaires raisonnable. Chaque fois qu'elle lui avait parlé de ses problèmes avec son père, il s'était montré très froidement rationnel : Nathan s'occupait d'elle, alors pourquoi était-elle en colère contre lui ? Jamais Dario n'avait pris en considération la dimension émotionnelle. Compte tenu de ce qu'elle savait désormais de son enfance, c'était compréhensible. Elle s'était donc attendue à ce qu'il aborde sa paternité avec la même absence d'émotions.

— Je ne sais pas, Dario. Je n'ai pas accès à toi. Je ne te connais pas. Il ne m'est jamais venu à l'esprit que tu voudrais m'épouser. Il ne m'est jamais venu à l'esprit que les émotions pourraient entrer en ligne de compte dans une de tes affaires.

— Je ne suis pas l'homme insensible que tu imagines. Je...

Il se tut. Il semblait déstabilisé, ce qui n'était pas habituel. Mais pensait-il vraiment n'être ni froid ni insensible ?

— Je sais que tu peux être... brûlant, le provoqua-t-elle. Mais quand mon père est arrivé au chalet, tu as fait comme si rien ne s'était passé entre nous. C'était comme si tu étais à nouveau un étranger.

Cela la rendait vulnérable d'admettre qu'elle en avait souffert, mais ils avaient toujours été honnêtes l'un envers l'autre – même s'il était plus facile de s'échanger des piques avant qu'ils ne deviennent amants. Aujourd'hui, elle se sentait malheureuse et bouleversée, mais elle n'allait pas commencer à mentir pour autant.

— Qu'est-ce que tu voulais que je fasse ? Que je te fasse l'amour en attendant que les sauveteurs ouvrent la porte ?

— Je ne sais pas. Je... tu ne m'as jamais tendu la main.

— Toi non plus.

— Je n'avais aucune raison de le faire. C'est toi qui as dit que tu n'avais rien à m'offrir. Et maintenant, tu insistes pour m'épouser !

— Je ne peux pas t'offrir ce que tu attends.

— Qu'est-ce que tu pensais que j'attendais de toi ?

— De l'amour. Comme la plupart des femmes, dit-il d'un ton plat.

— Qu'est-ce qui te fait penser que j'en ai besoin ? Je ne veux peut-être pas d'un mariage sans amour, mais je n'ai jamais dit que j'attendais que tu m'aimes.

— Dans un monde idéal, je n'exigerais pas de toi que tu m'épouses, parce que je détesterais te rendre malheureuse.

— Mais dans ce monde-ci, tu es d'accord pour me rendre malheureuse parce que tu considères que c'est pour le bien de notre enfant ?

— Oui. Nous aurons le temps de discuter de la logistique plus tard. Je ne te propose pas un mariage classique qui durerait toute notre vie, je le vois comme une base. D'ailleurs, je ne propose pas, j'exige.

— Et si je refuse ?

— Je ne peux pas te forcer. Mais j'espère que tu entendras raison. Et j'espère que la perspective de ce contrat entre nos deux sociétés sera suffisante pour te convaincre.

— Si ce n'est pas le cas, dois-je m'attendre à des menaces ?

— Non. J'ai raison, et je pense qu'avec le temps, tu t'en rendras compte. Il serait préférable que tu en arrives rapidement à cette conclusion. Tu penses que nous pouvons aller voir ton père pour lui dire que tu vas avoir un enfant de moi et que tu ne vas pas m'épouser ?

— C'est cela qui te préoccupe vraiment ? Que mon père soit en colère contre toi ?

— C'est une préoccupation, en effet.

Lyssia hocha lentement la tête. Son père considérait Dario comme un membre de la famille. Pourtant, ce qu'il lui proposait paraissait tellement extravagant.

— Que signifie la famille pour toi ?

— Pourquoi as-tu besoin de savoir cela ?

— J'ai l'impression que je ne peux pas t'épouser ni même entamer une discussion à ce sujet tant que je n'ai pas de réponse à cette question. Qu'est-ce que l'amour pour toi, et que donneras-tu à notre enfant ?

Il la regarda longuement, avec une intensité dérangeante. Elle voyait bien qu'il n'avait pas envie d'être interrogé. Et pourtant, elle allait le faire, le pousser dans ses retranchements. N'était-ce pas normal de vouloir savoir dans quoi il voulait qu'elle s'engage ?

— La famille, c'est ce que ton père a fait pour toi, dit-il enfin. C'est prendre soin les uns des autres. Ma propre famille ne considérait pas l'amour comme inconditionnel. Ce que je sais plus que tout, c'est ce que je ne veux pas. Et ce que je ne permettrai pas.

— Prévois-tu de donner plus que des richesses matérielles à ton enfant ?

— Je veux fonder une famille, ce n'est pas une preuve suffisante ?

— Mon père et moi avons vécu ensemble comme une famille. Il m'aime, mais il n'a jamais su comment se comporter avec moi. Si tu t'imagines que le mariage et la vie de famille peuvent résoudre ces problèmes comme un tour de magie, tu te trompes.

— Alors parce que je ne suis pas parfait, je n'ai pas le droit d'essayer ? demanda-t-il, presque agressif.

Lyssia se calma, consciente d'être peut-être allée un peu loin.

— Je n'ai pas dit cela, dit-elle avec douceur.

— Tu me demandes de te décrire le père et le mari que je peux devenir avant même que nous ayons entendu les battements de cœur de l'enfant. Cela te semble juste ?

Non, ça ne l'était pas, il avait raison.

— Et l'amour, qu'est-ce que cela signifie pour toi ?

Dario demeura silencieux. Impassible. Il ne faisait vraiment aucun effort.

Ils n'étaient pas amoureux l'un de l'autre, elle le savait ; tout comme elle savait qu'il y avait une différence entre le sexe et les sentiments. Ce qui s'était passé entre eux était incroyable. Mais le jeu n'en valait pas la chandelle. Pas vraiment.

Elle se sentit coupable de penser cela. Elle eut la tentation de poser une main protectrice sur son ventre, afin de s'excuser auprès de la petite vie qui s'épanouissait en elle. Ce bébé n'avait pas demandé à être créé. Elle devait s'assurer que, même s'il n'avait pas été prévu, elle ne lui transmettrait jamais de ressentiment. Mais pour le moment, elle devait prendre le contrôle de la situation et faire en sorte que tout aille bien. Or debout devant Dario, avec sa demande de mariage en suspens, elle n'était plus très sûre de savoir quelle était la bonne décision. Elle n'était même pas sûre de ses sentiments. Mais elle avait l'impression que c'était un désastre.

Ce n'était pas elle que voulait Dario, c'était leur enfant. C'était terrible d'être jalouse de son propre bébé à venir, mais c'était ainsi. Il n'avait jamais été question d'elle. Dario prenait davantage en compte les sentiments de son père que les siens.

Il n'était jamais question d'elle.

— Puisque tu ne veux pas me parler d'amour, insista-t-elle, alors dis-moi au moins si le mariage signifie quelque chose pour toi.

— Cela signifie tout simplement que tu seras ma famille. Et si tu es ma famille, je prendrai soin de toi. Toujours.

Prendre soin : c'était ainsi qu'il interprétait la façon dont son père s'occupait d'elle. Ce n'était pas vraiment une déclaration d'amour. Mais en voulait-elle une ? Lyssia avait imaginé qu'elle se marierait un jour, sans jamais s'en préoccuper. Elle avait imaginé que cela arriverait autour de la trentaine et que ce serait un mariage d'amour – à quoi bon, sinon ?

Pour donner un foyer chaleureux à un bébé, lui souffla une petite voix intérieure bien trop raisonnable à son goût. Toutefois, elle ne parvenait pas à la faire taire complètement. La mort prématurée de sa mère lui avait appris très jeune combien la vie était fragile. Cela avait enlevé à la sienne une partie de son charme et de sa magie. Elle avait perdu la capacité de s'enchanter lorsque leur famille, leur royaume avaient été brisés. Elle n'avait pas grandi dans le besoin, loin de là, mais l'argent ne met pas à l'abri de la tragédie.

Si elle épousait Dario, retrouverait-elle un royaume enchanteur, ou serait-ce impossible parce qu'un tel royaume ne peut se bâtir sans amour ?

Tu ressens déjà de l'amour pour ton enfant, non ?

Bon sang ! Comme c'était agaçant d'être ainsi tiraillée ! Le choix qu'elle avait à faire entraînerait tellement de conséquences ! Et pas seulement pour elle.

— Et en termes de fidélité ? De sexe ? lança-t-elle, presque comme une provocation.

— Nous avons des atomes crochus. Donc je ne vois pas pourquoi ce devrait être un mariage blanc.

Cette pensée l'enflamma. Elle avait été tellement persuadée que ces instants sauvages seuls au monde dans le chalet ne se reproduiraient pas ! Et maintenant, il parlait de mariage. Et de sexe. Partager une vie. Partager un lit.

— Et quand tu en auras marre de moi ? demanda-t-elle.

Il haussa les épaules avec désinvolture.

— Je te tiendrai au courant.

Le romantisme était décidément bien loin, songea Lyssia. Mais au moins, Dario était franc. L'idée de devenir ennuyeuse pour lui la rendait malade, de même que celle de devoir s'effacer au profit d'une autre femme.

— Je saurai encaisser le choc, déclara-t-elle. Je sais ce que c'est. Je passais une nuit tout à fait normale quand mon père est entré dans ma chambre, m'a réveillée et m'a annoncé qu'il y avait eu un accident et que ma mère était morte. Je ne me suis jamais remise de cette impression horrible d'être prise au dépourvu, impuissante et paralysée. Un instant, tout va bien et celui d'après, le drame a frappé. Je compte sur toi pour ne pas me prendre par surprise.

Il hocha la tête d'un air grave. Lyssia savait pouvoir compter sur son honnêteté.

— Tu as ma parole. Allez, sois raisonnable, reprit-il en la voyant hésiter. Quel serait l'intérêt pour toi de ne pas accepter ma proposition ? Tu préfères entrer dans le bureau de ton père et lui dire que tu as décidé de ne pas m'épouser ?

— Non ! s'écria-t-elle, horrifiée par cette perspective. Je ne peux pas faire ça !

— Alors nous sommes dans une impasse. Est-ce que tu refuses simplement par fierté ? Pour me tenir tête ?

Dario avait raison, et c'était extrêmement horripilant. Il l'avait tellement irritée et pendant tant d'années qu'il lui était difficile maintenant de s'imaginer alliée à lui ; même après les heures brûlantes qu'ils avaient partagées, durant lesquelles il s'était montré un amant merveilleux, courtois et généreux. Elle ne pouvait tout simplement pas lui donner ce qu'il lui demandait : c'était un réflexe, une habitude.

Allait-elle accepter de l'épouser, sachant que cela ferait grand bruit dans les médias ? Accepter de l'épouser et se retrouver dans son lit ?

Tu en as envie.

Elle grimaça, agacée par cette petite voix intérieure. Bien sûr qu'elle avait envie de vivre d'autres ébats avec lui, la question n'était pas là. Mais elle ne voulait pas en avoir envie. Car non seulement cela ne mènerait à rien, mais c'était dangereux.

Que se passerait-il si elle finissait par avoir des sentiments pour lui et qu'il n'en avait pas pour elle en retour ?

N'est-ce pas déjà le cas ?

Non ! Non, elle n'était pas amoureuse de lui. Mais elle pensait souvent à lui...

— Épouse-moi, insista-t-il. Nous travaillerons ensemble et deviendrons les rois du monde des affaires.

— Tu parles comme Dark Vador dans *La Guerre des étoiles*, le taquina-t-elle.

Il sourit.

— Ce n'est peut-être pas une coïncidence...

— Oui, bien sûr : tu es sombre et maléfique.

Retrouver l'excitation de leurs joutes verbales lui procura un délicieux frisson. Délicieux et malvenu. Presque embarrassant.

— Épouse-moi, répéta Dario. Nous dirons à ton père, ensemble, qu'il va devenir grand-père et que nous allons nous marier.

— Je...

Elle s'interrompit, car elle se rendait compte soudain qu'elle n'avait aucune raison valable de ne pas dire oui. Elle avait beau se creuser les méninges, rien ne venait. Le pire, c'était qu'elle avait envie d'accepter non pas seulement à cause du bébé, mais pour elle-même. Cet homme super sexy deviendrait son mari et ils croiseraient le fer jusqu'à la fin de leurs jours. Mais ils auraient un foyer, un enfant, et peut-être après tout que cela valait le coup ?

Ou peut-être était-elle faible.

Elle soupira.

— Très bien. Comment veux-tu procéder, alors ?

— J'annule tous mes rendez-vous. Rentre chez toi, prépare-toi, moi je m'occupe des bagues. Nous nous retrouverons pour dîner. Alors, je te demanderai en mariage.

Ce fut ainsi que Lyssia, abasourdie et incapable de parler, se retrouva fiancée.

9

L'esprit de Dario moulinait pour essayer de dénouer les fils de cette inextricable situation. Nathan ne serait pas ravi qu'il ait mis Lyssia enceinte en dehors du mariage, mais c'était un homme pratique, et il ne serait pas choqué.

Enceinte...

Bon sang, elle est enceinte de toi !

Il avait dû se retenir pour ne pas la menacer. La menacer de prendre la garde de l'enfant, de la kidnapper. Il s'était senti pareil à King Kong, sur le point d'escalader l'Empire State Building et de se frapper le torse devant le monde entier. Car cette nouvelle avait réveillé en lui des émotions inconnues.

Un instinct de protection d'une violence inouïe l'avait envahi. Il devait protéger cet enfant de manière totale, lui qui ne l'avait pas été, et le mariage lui avait paru être une évidence, la première étape pour y parvenir. La première des sécurités pour le bébé à venir était qu'il naisse dans un cadre légal clair, au sein d'une famille. Et, dans la mesure du possible, il voulait éviter de compromettre sa relation avec Nathan.

Lyssia lui avait demandé ce que représentait l'amour pour lui. Or l'amour n'existait pas. Soit on prenait soin de quelqu'un, soit on n'en prenait pas soin. Le mot le plus important n'était pas « amour », mais « soin ». Il se souciait déjà de cet enfant. De son avenir. Il ne connaissait que trop bien le prix payé par un enfant qui manquait d'attention. C'était inadmissible. Inconcevable. Il avait connu le froid et la solitude – de douloureux souvenirs qu'il rejetait en bloc.

Il appela un bijoutier et lui demanda d'apporter un plateau de bagues de fiançailles dans son bureau. Ensuite, il libéra son emploi du temps pour les trois jours à venir. Il aurait besoin de temps pour travailler à l'organisation du mariage et finaliser l'accord commercial entre l'entreprise de Lyssia et la sienne. Toutefois, il ne le signerait pas tant qu'ils ne seraient pas mariés. Utiliser un contrat professionnel comme carotte était peut-être un peu bas, mais il n'avait pas eu le choix. D'ailleurs, il n'était pas sûr de savoir ce qui avait décidé Lyssia à accepter de l'épouser : l'aspect commercial ou la crainte de décevoir son père.

Qu'importait, après tout ? Elle s'était finalement rangée à ses arguments. Elle allait devenir sa femme. Il était hors de question qu'elle soit la mère célibataire de son enfant et qu'elle s'envoie en l'air avec Carter. L'enfant était le sien, donc Lyssia serait à lui. Pour lui, c'était parfaitement logique.

Une fois les bagues posées devant lui sur leur tapis de velours noir, il choisit la plus grande et la plus ostentatoire. Il aurait probablement dû demander son avis à Lyssia, mais son caractère dominateur l'avait emporté.

Ensuite, il réserva une table bien en vue dans son restaurant préféré avant d'appeler Lyssia pour lui donner rendez-vous à 18 heures chez elle.

À six heures moins le quart, Dario descendit de sa limousine, que son chauffeur avait garée au pied de l'immeuble de Lyssia. Il composa le code que Nathan lui avait donné en cas d'urgence et entra. Une minute plus tard, il sortit de l'ascenseur et sonna à la porte de l'appartement de sa future épouse.

Lyssia écarquilla les yeux en le découvrant sur le seuil. Elle portait une chemise de nuit en soie.

— Qu'est-ce que tu fais ici ?

— Je suis un peu en avance.

— Mais... comment es-tu entré.

— J'ai le code.

Elle s'écarta pour le laisser entrer.

— Tout va bien ? demanda-t-il.

— Oui. J'essaie juste de trouver ma tenue.

— Je peux t'aider, si tu veux.

— Non merci. Je ne vois pas l'intérêt de me faire belle pour un rendez-vous avec toi si je te montre toutes les choses que j'essaie.

— Il ne s'agit pas d'un rendez-vous galant, précisa Dario. Nous montons un spectacle.

— Très bien, c'est noté, dit-elle d'un air pincé.

Il avait manifestement dit ce qu'il ne fallait pas. Mais avec Lyssia, il ne pouvait jamais vraiment savoir. Parfois, elle faisait semblant d'être énervée juste pour en découdre avec lui.

— Il ne faut pas t'en offusquer. Tu m'as demandé ce que je pensais de l'amour : je n'y crois pas. Ce en quoi je crois, c'est l'action. Il faut prendre soin des personnes envers lesquelles nous avons une responsabilité.

— Waouh ! Comme c'est romantique !

— Je n'ai jamais dit que c'était romantique. Mais c'est la vérité.

— Pourquoi n'as-tu jamais eu de relations sérieuses ? demanda-t-elle de manière inopinée.

Elle se retourna et emprunta un couloir. Il la suivit. Elle entra dans une pièce qu'il devina être sa chambre. C'était un capharnaüm invraisemblable, avec des vêtements éparpillés partout, une explosion de couleurs à dominante rose.

— Je n'ai jamais voulu ni famille ni enfants, avoua-t-il. J'ai toujours été déterminé et concentré depuis que j'ai décidé, à l'âge de treize ans, de m'enfuir de la maison où l'on m'enfermait.

Il hésita à lui raconter la suite de l'histoire. Pourquoi pas, après tout ?...

— Il y avait des enfants dans cette maison. Le père était terriblement violent. Il me battait. Il battait ses propres enfants. Il battait sa femme. C'était un homme qui abusait de sa position dominante, au lieu de considérer comme sacré son rôle de mari et de père. Il n'y a rien de plus abject que de faire du mal aux gens dont on a la responsabilité.

Dario n'en avait jamais parlé à personne. Il n'en avait jamais vu l'intérêt. Il ne savait pas s'il voulait que Lyssia le comprenne ou seulement lui prouver que ses préoccupations à propos de l'amour étaient futiles. Parce qu'il serait un bon père, et qu'il n'avait pas besoin de l'amour pour cela.

— On ne m'a donné que de mauvais exemples de ce que signifie être chef de famille, prendre soin de sa femme et de ses enfants. Alors je n'ai jamais voulu le devenir. J'avais le sentiment que mon vécu, mon parcours me rendaient inapte à cette fonction. Mais maintenant, tu es enceinte. Il ne s'agit donc plus d'impressions ou de discussions. C'est la réalité.

— Tout peut être discuté de nos jours, Dario. Ce n'est plus le Moyen Âge. La morale est beaucoup plus flexible.

— C'est vrai, *cara*. Mais moi, je ne suis pas un homme flexible.

Elle leva les yeux au ciel et soupira.

— Ah oui, c'est vrai, j'avais oublié ! Toi tu es le grand méchant milliardaire, le Dark Vador des affaires.

Elle lui tourna le dos, se baissa et attrapa une robe sur le sol.

— Celle-ci, peut-être ?

— Ou peut-être pas, répliqua-t-il.

Il se dirigea vers son immense dressing, bien plus grand

que la plupart des pièces où il avait dormi dans sa jeunesse. Son regard fut attiré par une longue robe rouge, au fond.

— C'est celle-là.

— Laquelle ? demanda Lyssia en apparaissant dans l'embrasure de la porte.

— La rouge.

— J'aime le rose.

Il s'approcha d'elle, lui releva le menton du bout de l'index et planta le regard dans le sien.

— Et moi, j'aime le rouge. Ce soir, tu porteras du rouge pour moi. Un point c'est tout.

Dario devinait qu'elle mourait d'envie de se disputer avec lui, mais il voyait aussi l'excitation flamboyer dans ses pupilles. Celles de ses attitudes qui irritaient Lyssia étaient aussi celles qui l'attiraient le plus ; ce qu'il pouvait aisément comprendre, puisqu'il avait le même problème avec elle. Si son dynamisme, sa vivacité d'esprit et son fort tempérament la rendaient irrésistible, ils faisaient aussi d'elle une absolue sale gosse. Malheureusement pour lui, il aimait bien les sales gosses.

Celle-ci, du moins...

— Sors d'ici ! lança-t-elle en le poussant hors du dressing, dont elle referma la porte derrière lui.

Lorsqu'elle ressortit, la soie de la robe moulait son corps comme une seconde peau. Elle ne portait pas de soutien-gorge et il pouvait voir le dessin de ses seins et de ses mamelons. La robe était loin d'être indécente, et pourtant il ne pouvait pas détourner les yeux.

— Oui, celle-là, approuva-t-il, la gorge sèche.

Lyssia lui retourna un sourire espiègle et gagna la salle de bains.

— J'en ai pour une minute.

Elle réapparut peu de temps après, ses cheveux blonds

attachés en une masse floue, un peu de brillant sur les yeux, un peu de rouge sur les lèvres. Elle était si belle naturellement qu'il ne fallait presque rien pour la transformer en déesse glamour.

Il n'avait jamais eu l'intention de se marier, mais quelle meilleure épouse aurait-il pu rêver que Lyssia Anderson ? Elle faisait partie du même monde que lui, il avait des relations d'affaires avec son père, qui était aussi son mentor, et elle serait l'hôtesse parfaite lorsqu'il s'agirait d'organiser des dîners mondains ou des soirées.

Oui, c'était finalement beaucoup mieux que ce qu'il avait pensé en lui proposant le mariage. Il avait douté, mais en fait, c'était une aubaine. Dont il tirerait sans aucun doute profit.

— Allons-y, *cara*. Notre table nous attend.

En s'asseyant dans la limousine après avoir aidé Lyssia à s'y installer, Dario remonta la cloison qui permettait de s'isoler du chauffeur. Celui-ci s'inséra en douceur dans la circulation new-yorkaise.

— Cela va créer une petite déflagration, n'est-ce pas ? demanda-t-elle.

— En effet, confirma-t-il. Et j'ai choisi notre table de manière à mettre le feu aux poudres.

— La mise en scène de cette histoire est très importante pour toi, on dirait.

— Je ne suis pas issu de ce monde. Malgré ma réussite, certains me voient toujours comme un intrus. Dès que l'on saura que tu es enceinte de mes œuvres, des gens diront que ton père n'aurait jamais dû m'accueillir comme un fils. On murmurera que j'ai profité de toi. On glosera sur notre différence d'âge, sur le fait que je t'ai connue enfant. On dira que je suis un prédateur venu de la rue à qui on n'aurait jamais dû faire confiance.

— Ce n'est pas juste ! s'indigna Lyssia. Et j'ai participé à la conception de ce bébé tout autant que toi.

— C'est certain. D'ailleurs, les commérages iront aussi bon train à ton sujet. Malheureusement, le sexisme est aussi vivace que les préjugés de classe. Je serai toujours le pouilleux qui a réussi, aux yeux de beaucoup de personnes.

— Cela te préoccupe-t-il vraiment ?

Cette question pourtant innocente attisa une rage qui couvait en lui depuis toujours. Il s'efforça de ne pas la laisser transparaître.

— Oui. Je n'ai pas passé toutes ces années à changer, à devenir un homme nouveau pour me laisser enfermer dans le moule dont je suis sorti. Je l'ai détruit. Je l'ai brisé. Consciencieusement. Je me suis assuré d'être en sécurité, et je ferai en sorte que mon enfant le soit également.

Il se tut. Il n'avait pas eu l'intention d'en dire autant, et il voyait bien que Lyssia était ébranlée.

— Je n'avais jamais envisagé les choses de cette manière...

— Tout ce que j'ai toujours voulu, c'est mettre le plus de distance possible entre ce danger et moi. Je ne transmettrai pas cette peur, cette inquiétude.

Elle acquiesça lentement.

— Je comprends. Je suis désolée si je te donne l'impression d'être insensible. C'est... c'est épuisant tout cela, n'est-ce pas ? Nous nous envoyons des piques plus ou moins méchantes dans notre ping-pong verbal et nous essayons de nous répondre tout en cherchant nos propres certitudes et... nous n'avons pas le temps. Nous ne le prenons pas. Même si je t'écoute, je n'ai pas le temps de tout absorber, parce que je dois aussi faire face à mes propres angoisses, je dois tâcher de survivre à ce tourbillon. Je m'enfonce en terrain inconnu. J'ignore ce que c'est que d'être mère. Je veux ce bébé, mais je suis terrifiée.

— Tu n'as pas le monopole de la peur.

— Je sais. Même si tu ne la gères pas de la même façon que moi. Mais je comprends pourquoi tu as peur.

— Tu as connu des difficultés dans ta vie, je ne le conteste pas. Mais tu ne sauras jamais ce que c'est d'avoir continuellement l'impression de devoir mériter sa place.

Lyssia tourna la tête vers la vitre fumée, derrière laquelle New York grouillait de vie.

— Pas de la même manière que toi, mais j'ai malgré tout l'impression que je dois toujours mériter ma place. Ma mère aimait être mère. Mon père me voyait à l'heure du dîner, c'était chouette, mais ce n'était pas la même chose. Je l'aimais. Je l'aime encore, ne te méprends pas. Lorsque ma mère est morte, mon père s'est retrouvé perdu. Je n'ai jamais pu me défaire du sentiment qu'il avait adoré être son mari bien plus qu'il n'a aimé être mon père. Il ne l'a jamais énoncé, pourtant j'ai toujours eu l'impression que je devais gagner le droit d'être encore là. D'accaparer son attention alors que ce qu'il voulait, c'était sombrer dans le chagrin. Je ne peux pas lui en vouloir : il l'aimait tellement ! Je voulais pouvoir combler ce vide, je voulais être là pour lui. Et puis il t'a rencontré, et c'est comme s'il avait vu la lumière revenir. Je pense qu'il a toujours voulu un fils, sans jamais se faire à l'idée de se remarier. Parce qu'il n'aurait jamais aimé quelqu'un d'autre que ma mère. Toi, tu étais tout ce qu'il avait toujours espéré : un fils, mais déjà adulte. C'est toi qui l'as guéri, pas moi. J'ai toujours désiré être celle qui apporte la lumière dans sa vie, et je n'y suis jamais parvenue.

Dario songea qu'il serait facile de balayer ce discours du revers de la main, de considérer Lyssia comme une pauvre petite fille riche qui geignait et se plaignait sans raison.

Mais sa douleur était bien réelle, et il la comprenait. C'était le genre de douleur qu'il aurait pu ressentir si son père avait été humain, plutôt qu'un monstre qui avait abandonné son fils. Lyssia et lui devaient affronter les conséquences d'événements dramatiques sur lesquels ils n'avaient eu aucune prise. Ils avaient tous deux perdu leur mère et s'étaient retrouvés avec des pères qui n'avaient pas été à la hauteur.

Mais Nathan avait résisté. Il était resté. Pas son père.

— J'ai toujours mené une vie de privilégiée, reprit-elle. J'en ai conscience. Et je ne suis pas assez bête pour penser que je sais quels combats tu as dû mener. Moi, je n'ai jamais eu à travailler dur. Je n'ai jamais eu faim. Je n'ai jamais eu peur. Je n'ai pas déménagé dans un nouveau pays à l'adolescence pour repartir de zéro. Je sais que tu l'as fait. Mais parfois, je me suis sentie invisible dans ma propre maison ; et coincée entre des envies parfois contradictoires : quêter l'amour de mon père, la volonté de réussir pour l'impressionner, l'envie d'être moi-même. Quelque part dans tout cela, je pense que je n'ai jamais vraiment compris qui j'étais.

— Tu es tout à fait toi-même. Que tu le ressentes ou non, cela ne change rien. Et je ne suis pas certain qu'à vingt-trois ans, on soit censé comprendre pleinement qui on est. La vie a le don de modifier nos attentes, n'est-ce pas ?

Il était plus âgé qu'elle d'une dizaine d'années et pourtant, lui aussi était à l'aube d'un profond changement. Elle allait devenir mère, et lui père.

Père, bon sang !

Il s'était juré de ne jamais être un mari ni un père. Il allait devenir les deux.

— J'en suis arrivé jusque-là dans mon existence avec de grandes certitudes sur la façon dont les choses allaient se dérouler. Je n'ai jamais imaginé que tu serais dans le tableau. Que nous aurions un enfant. En ce sens, peut-être qu'aucun de nous ne se connaît. Ou qu'aucun de nous n'a compté sur la capacité du monde extérieur à intervenir dans nos vies.

— Est-ce le destin, d'après toi ?

— Je pense que c'était la luxure. Ce qui fait échouer les grands projets de l'humanité depuis des milliers d'années.

Lyssia éclata de rire, pour son plus grand plaisir. Il adorait la voir rire.

— Je t'accorde le point. Même si ce n'est pas aussi romantique que le destin.

Dario lut de l'optimiste dans ses yeux, et cela lui fit mal. Car si elle espérait du romantisme de sa part, elle allait tomber de haut. Il repensa à la maison de son enfance, en Italie. Petite, mais remplie de chaleur. Son père n'avait jamais été un mauvais homme. Son père l'avait toujours aimé. C'était cela qui était effrayant.

— La vie n'est pas très romantique, dit-il. De toute façon, le romantisme me semble dangereux. Je préfère me fier à une planification minutieuse.

— Le sujet de discussion n'est-il pas la façon dont les plans tombent à l'eau ?

Il sourit.

— Alors on en dessine de nouveaux.

— Quel est le dicton, Dario ? « L'homme fait des projets et Dieu rit » ?

— Heureusement que je suis relativement proche du divin, non ?

— Tu as toujours été si arrogant. Et j'ai toujours voulu en être plus affligée que je ne le suis.

— Quel drame que tu me trouves tellement irrésistible !

Elle prit un air excessivement abattu.

— Je résiste.

— Et après le dîner, tu résisteras ?

— Allons-nous parler à mon père après le dîner ?

— En effet.

— Je suppose que je ne serai plus d'humeur pour la bagatelle après cela.

— On verra bien.

Ce qui brûlait entre eux lui donnait l'impression que... il ne savait pas exactement, mais il se dit que tout redevenait possible.

Peut-être...

Les grandes baies vitrées brillamment éclairées du restaurant donnaient l'impression que les convives faisaient partie d'un spectacle. Dario nota la table pour deux qui n'attendait qu'eux, située en plein milieu de la salle.

Parfait ! se dit-il.

Sur le trottoir, il passa un bras autour de la taille de Lyssia. Elle poussa une sorte de petite plainte. Il la regarda.

— Dis-moi ?

— Je ne sais pas. C'est étrange. Nous... nous avons été ensemble quand nous étions bloqués par la neige, mais ce n'était pas la vraie vie. Là, ça semble plus... réel. Et c'est effrayant. C'est différent. Parce que tu es Dario. Et je...

Ses yeux brillaient d'une lueur si intense qu'il dut détourner le regard.

— Ce qui se passe entre nous était écrit. Mais je comprends pourquoi tu ne l'as pas vu.

Il ne l'avait pas vu non plus. Il avait confiance en sa capacité à lui résister, à résister à la force d'attraction qui les poussait l'un vers l'autre. Parce que lorsqu'il s'agissait de ressentir quelque chose pour une femme, l'attraction n'avait jamais signifié grand-chose pour lui. Et pourtant, Lyssia était là. À ses côtés. Parce qu'il n'avait tout simplement pas pu se détourner du feu qui l'embrasait à chaque fois qu'il la voyait.

Il était ébranlé par cette femme qu'il connaissait pourtant depuis des années. Mais se connaissaient-ils vraiment ? Il y avait de l'honnêteté entre eux, mais elle était ancrée dans le présent, quand ils se chicanaient sans cesse, entre taquineries badines et piques acérées. Là, c'était différent. Ils épluchaient les couches, fouillaient leurs passés respectifs, exploraient leurs sentiments. Il lui avait confié des choses que personne d'autre ne savait. Il était autant pris au dépourvu qu'elle par tout cela, mais il ne le lui avouerait jamais.

Lorsque les plats commandés par Dario arrivèrent sur leur table, il put lire sur le visage de Lyssia qu'elle validait ses choix. Il avait tenu à décider de ce qu'ils allaient manger, et elle l'avait laissé faire. Il s'était alors rendu compte qu'il recherchait sa confiance. Peut-être n'était-elle pas la seule à avoir encore l'impression de devoir mériter sa place…

En lisant la joie sur son visage, il ressentit une étrange satisfaction. Celle de l'avoir *satisfaite*. Il l'avait satisfaite sexuellement tout au long de leur séjour au chalet et là, il l'avait satisfaite d'une manière différente. En prenant soin d'elle, qu'elle s'en rende compte ou non. En les mettant ainsi en scène aux yeux du public, en l'épousant, il s'agissait en partie de se protéger, de protéger sa propre réputation et de protéger ce qu'il avait si durement acquis par son travail. Mais il s'agissait surtout de protéger Lyssia.

Plus tôt dans la journée, il avait, sur un coup de tête, cherché son nom sur un moteur de recherche. Il était tombé des nues en constatant ce qui se disait sur elle. Sur Internet, on voyait Lyssia Anderson comme une mondaine écervelée jouant à avoir une entreprise. Les articles, commentaires et critiques étaient d'une violence sidérante. Le tribunal de l'opinion publique la condamnait sans appel, somme de petits procureurs anonymes et cruels persuadés que leur opinion était parole d'Évangile. Dario avait alors compris d'où venait une grande partie du sentiment d'insécurité de la jeune femme. Si Nathan ne faisait rien pour combler le vide laissé par la mort de sa femme, d'autres, moins bienveillants, s'en chargeraient.

Était-ce son rôle à lui de combler ce vide ? se demanda-t-il en l'observant piocher dans les antipasti. Avec ses propres mots, ses propres intuitions, son propre ressenti. Aujourd'hui, il avait découvert une version différente de Lyssia. Confiante, ardente, sûre d'elle, animée par une certitude, un objectif. Elle avait toujours eu ce potentiel, mais la peur d'être rejetée l'avait freinée.

— J'ai lu ces trucs en ligne sur toi dont tu m'as parlé, dit-il.

— Oh… Ceux qui expliquent combien je suis nulle ?

— Oui. Ils ne te connaissent pas. C'est juste du vent.

Elle posa les coudes sur la table, posa le menton sur ses mains croisées, leva un sourcil ironique et lui lança :

— Es-tu vraiment en train de me dire que l'opinion publique n'a pas d'importance, alors que nous sommes en ce moment même engagés dans une grande opération de relations publiques ?

— L'opinion publique est importante quand elle affecte ton activité. Pour un enfant, il est à craindre que cela n'affecte ce qu'il pense de lui-même et de ses proches. Mais cela n'a pas d'incidence sur la façon dont je me vois. J'ai l'impression que tu as une mauvaise image de toi et que tu te sens mal dans ta peau parce que personne n'a pris le soin de te dire des choses positives, de te complimenter. Tu as prouvé aujourd'hui que tu étais capable d'élaborer un plan d'affaires extraordinaire. Tu es intelligente, talentueuse, capable. Tu es une artiste. Tu conçois toi-même les meubles et les articles de maison, n'est-ce pas ?

— Oui. Tout ce qui se trouve dans mon appartement provient de ma collection. Je te montrerai mon studio de création, un jour.

— Avec plaisir. Qu'est-ce qui t'a poussée dans cette voie ?

Elle baissa les yeux en rougissant, visiblement mal à l'aise.

— Dis-moi, insista Dario. Quelle que soit la raison qui t'a poussée à créer ton entreprise, tu as su tirer parti de cette inspiration et en faire de belles choses. Je voudrais connaître le point de départ.

Elle sourit. Un beau et chaleureux sourire qui fit fleurir quelque chose en lui.

— Ma mère adorait décorer, commença-t-elle, hésitante. Toutes ces petites touches de beauté dans la maison, je les ai associées à elle, à son souvenir. Elles sont restées longtemps, mais après mon départ, papa a tout fait refaire et a rendu la maison très spartiate. Pas de plantes vertes, pas de bibelots sur les étagères, pas de lampes, ni tableaux ni photos. Une décoration intérieure chaleureuse peut avoir des effets positifs sur l'humeur, le moral. Je me suis dit que si je pouvais aider les gens à changer leur environnement, je pouvais les aider à se sentir mieux au quotidien. Il y a quelque chose dans l'attention portée aux détails qui peut vraiment créer une nouvelle atmosphère. Tu as vu ma chambre en désordre, mais la décoration de mon appartement est stylisée, avec une âme. Je n'aime pas les intérieurs trop spartiates. Cela me rappelle la perte.

Il l'observa longtemps en faisant distraitement tourner le vin dans son verre.

— Et toi, qu'est-ce qui t'a poussé vers l'hôtellerie ? demanda timidement Lyssia.

— Le confort. J'en ai beaucoup manqué dans ma jeunesse. Pouvoir en offrir et, ce faisant, gagner de l'argent m'a donné un but. Et de la fierté. Je ne suis pas comme toi, je ne crée rien. Je pourrais faire n'importe quoi maintenant : arrêter de travailler, acheter une autre entreprise, me lancer dans de nouveaux projets. Mais j'aime ce que je fais, même si tout est parti d'un manque.

— Je sais que tu te soucies beaucoup de l'environnement.

— C'est utile, de nos jours, éluda-t-il.

— Dario, tu n'as pas besoin d'être cynique avec moi ! Tu es aussi impliqué dans des associations caritatives, non ?

— Je ne vois pas en quoi cela te concerne.

— Nous partageons des informations. Nous avons une conversation. Comme des humains. Des humains qui sont sur le point d'être liés l'un à l'autre.

Il soupira, irrité par sa curiosité. Puis il finit par céder, car il savait que l'obstinée Lyssia Anderson ne le lâcherait pas tant qu'elle n'aurait pas sa réponse.

— J'ai une fondation pour les jeunes sans-abri. Je tiens à rester discret sur le sujet. Et une autre pour le logement et la sécurité des plus précaires. Nous avons rénové de vieux hôtels et des immeubles d'habitation pour en faire des logements abordables. Et nous donnons des cours pour aider les gens à se réinsérer dans la société. Lorsque l'on a vécu en marge trop longtemps, il ne suffit pas de vouloir se réinsérer pour y parvenir. C'est difficile. La volonté ne suffit pas, il faut des armes. J'étais doué pour observer les gens et comprendre les codes, mais ce n'est pas le cas de tout le monde. Alors j'essaie d'aider, à ma manière.

— Tu es très miséricordieux, en fait.

Dario tiqua. Il ne s'était jamais considéré comme un homme miséricordieux, mais pragmatique. Il n'était pas juste que des gens souffrent dans la rue s'ils voulaient une vie différente. Il n'était pas normal que des enfants souffrent à cause des choix de leurs parents. Il ne pensait pas que les gens devaient être jetés comme des ordures, ce qui n'était pas de la compassion à ses yeux. C'était juste… *raisonnable*.

— Ne te raconte pas de belles histoires à mon sujet. Je suis toujours le même homme. Celui que tu connais depuis plus de dix ans et que tu n'as jamais aimé. Celui que tu trouvais froid et cruel.

— Tu es aussi l'homme que j'ai appris à connaître dans le chalet. Tu es aussi un homme qui n'a pas oublié d'où il vient. Je n'ai pas l'intention de te voir plus beau et grand que tu ne l'es, mais tu l'es plus que ce que tu m'as montré durant ces dernières années.

Dario choisit ses mots avec soin, afin qu'ils soient suffisamment aiguisés pour s'insérer sous la peau de Lyssia – même si elle ne le sentirait peut-être pas tout de suite.

— À t'entendre, j'aurais agi de manière préméditée ou intentionnelle avec toi. Ce n'est pas le cas. Rien de tout cela n'a été un jeu ou un plan. Je n'ai pensé qu'à moi, à mon propre bien-être, à mon propre plaisir. Pas à toi.

— Menteur !

Il ne répondit pas. Il devait laisser se diffuser le venin de ses paroles. Il lui ferait mal plus tard. Il la ferait réfléchir plus tard.

Dès que Lyssia eut fini la dernière bouchée de son dessert, Dario se leva de sa chaise et mit un genou à terre.

— Lyssia, *cara*, veux-tu m'épouser ?

10

Jusqu'à ce que Dario s'agenouille devant elle, Lyssia avait oublié qu'il s'agissait d'une mascarade. Mais en était-ce vraiment une ? Elle allait *vraiment* l'épouser parce qu'elle allait *vraiment* avoir un bébé.

Pendant le dîner, elle avait eu l'impression qu'ils étaient simplement deux personnes qui faisaient connaissance, s'intéressaient l'une à l'autre, se connectaient. Deux personnes qui avaient choisi de partager la compagnie de l'autre, même si elles jouaient la comédie pour la galerie. Lyssia s'était sentie écoutée, comprise et même intéressante. Pourtant, cette comédie tournait autour de Dario – de ses craintes et de sa réputation.

Lorsqu'il souleva le couvercle de la boîte en velours qui contenait la bague de fiançailles, son souffle se bloqua. Parce que soudain, une douleur extrême la tenaillait, alimentée par un violent sentiment d'injustice.

À ses pieds, Dario était toujours aussi sublime, rayonnant de virilité et d'élégance. Et même s'il était mis en scène, ce moment était beau. Elle comprit alors, en cet instant précis, qu'elle ressentait pour lui des choses qu'elle aurait préféré ne pas ressentir. C'était vraiment malvenu.

Donc, malgré la profondeur du gouffre émotionnel qui les séparait, et que Dario ne voudrait jamais ne serait-ce qu'essayer de combler, elle dit oui. Elle n'avait pas le choix. Pas d'autre choix que de sourire. Pas d'autre choix que de tendre la main sous les regards surpris ou émerveillés des clients. Dario sortit de la boîte la bague la plus énorme qu'elle ait jamais vue et la glissa à son doigt.

Nouveau coup au cœur. L'évidence qui frappe, poignante : elle n'avait jamais imaginé un tel moment, mais elle avait la certitude qu'il n'aurait pu exister avec aucun autre homme que Dario Rivelli.

Parce qu'il s'était glissé sous sa peau depuis la première fois qu'elle l'avait vu, alors qu'elle n'était qu'une enfant endeuillée par la perte de sa mère. Et il avait été là, présent. Il avait toujours été plus qu'un repère dans sa vie, toujours été plus qu'important. Il lui semblait que leur vie pouvait être écrite comme un conte de fées. Les deux orphelins de mère qui se connaissaient depuis une éternité, qui à cause de leurs personnalités et de leurs parcours si différents étaient toujours comme chien et chat, mais honnêtes l'un envers l'autre, puis qui étaient devenus amants. Les deux opposés qui surmontaient leurs différends et aplanissaient les malentendus, conscients de l'alchimie sensuelle indéniable qui bouillonnait entre eux. Il l'avait écoutée lorsqu'elle avait eu besoin de parler, encouragée à devenir une meilleure version d'elle-même. Elle l'avait forcé à fendre un peu l'armure, à admettre qu'il était un humain et non un robot.

Or ce conte de fées, c'était Dario qui l'écrivait pour servir ses propres desseins, pour que leur histoire semble magique plutôt que froidement logique. Ce n'était plus un conte de fées, c'était devenu un scénario bien huilé. Et une partie d'elle se sentait encore prise au piège, au bord des larmes, décidée à croire encore qu'il s'agissait d'un vrai conte de fées.

Lyssia n'eut pas le temps de s'apitoyer sur son sort : Dario s'était relevé et la soulevait de sa chaise. Il la prit dans ses bras. Il ne l'avait pas touchée ainsi depuis six semaines. Des murmures s'élevèrent de l'assemblée lorsqu'il posa les lèvres sur les siennes. Il l'embrassa avec fougue. Elle s'accrocha à ses bras puissants pour ne pas tomber, pour ne pas fondre en flaque à ses pieds.

Elle émit un gémissement étouffé lorsque la langue de Dario commença à jouer avec la sienne. On aurait dit qu'il pouvait deviner ses fantasmes les plus secrets. Lyssia était de retour au chalet, dans cet univers enchanteur où il n'y avait eu qu'eux deux. Ce baiser était une sorte de reconnaissance de tout ce qui avait existé entre eux, et la preuve que cette connexion n'était pas morte.

Quand Dario s'écarta d'elle, Lyssia était étourdie. Le retour à la réalité, à New York, à ce restaurant bondé, loin de leur cocon de sensualité, fut brutal, amer. Ils allaient avoir un bébé. Ils allaient se marier. Sa vie venait de changer radicalement. Son avenir n'allait ressembler en rien à ce qu'elle avait imaginé.

Tout était différent.

— Nous devrions nous rendre chez ton père le plus rapidement possible, lui murmura Dario. Ce serait bête qu'il apprenne la nouvelle aux informations.

— Ce ne sera probablement que sur les réseaux sociaux, pour l'instant. Aucune chance qu'il la découvre.

— C'est vrai, s'esclaffa-t-il.

Comment pouvait-il rire ? Comment pouvait-il être aussi détendu ? De son côté, Lyssia avait l'impression d'être au bout sa vie.

Le début du trajet se déroula dans un silence pesant. Il y avait une heure de route pour rejoindre la propriété de son père, et Lyssia se demandait si elle trouverait un sujet de conversation avant leur arrivée.

Mais Dario ne semblait pas avoir ce problème.

— Nous nous marierons dès que possible, déclara-t-il.

— Il faut un peu de temps pour organiser un mariage, lui opposa-t-elle.

— La cérémonie n'a aucune importance.

— Comment peux-tu dire cela ? Après t'être donné tant de mal pour organiser ce spectacle de fiançailles, tu crois vraiment que notre mariage ne doit pas être un événement ?

— Une petite cérémonie intime avec la famille et les amis, dit-il d'un ton plat, comme s'il lisait un compte rendu dans un journal.

— Peut-être que ce n'est pas ce que je veux. Peut-être que je veux un vrai mariage.

— Tu y as déjà pensé ?

— Non.

Elle se laissa aller contre le dossier de son siège. Son père refuserait peut-être de la conduire à l'autel, sa mère était morte, son mariage serait tristement protocolaire : elle avait envie de pleurer.

— Je veux une robe, je veux des décorations, je veux...

— Si tu veux une robe magnifique et bien ajustée, nous devons faire vite, lança Dario avec un geste de la tête en direction de son ventre.

— Je te préférais dans le rôle du gentil fiancé qui faisait semblant de s'intéresser à moi !

Elle tourna la tête vers la vitre en signe de bouderie.

— Je ne faisais pas semblant. Je m'intéresse vraiment à toi. Et j'aimerais visiter ton studio de création.

— En parlant de mon appartement, je suppose que tu attends de moi que j'emménage avec toi.

— Oui. Mais si tu souhaites garder ton chez-toi pour travailler et avoir ton espace, cela me convient.

Il était tellement raisonnable ! Cette attitude posée agaçait

Lyssia. Elle avait envie de s'en prendre à lui, de le bousculer, parce qu'il lui mettait les nerfs et le cœur à vif, mais il n'offrait aucune prise tant il était correct. D'ailleurs, il avait eu la courtoisie de ne plus mentionner son petit chantage au contrat entre leurs deux entreprises. De toute façon, il n'avait pas besoin de cette cartouche. Il savait parfaitement que jamais Lyssia n'aurait pu annoncer à son père qu'elle était enceinte de Dario, mais ne l'épouserait pas. Elle aurait eu trop peur de le décevoir une fois de plus.

Elle aimerait que Dario redevienne mordant et piquant, pouvoir à nouveau croiser le fer avec lui. Cette tension électrique entre eux, les étincelles de leurs escarmouches verbales la faisaient se sentir vivante. Là, dans ce consensus mou, elle se sentait vulnérable. Le doute et l'incertitude se frayaient un chemin sous son crâne. Se souciait-il vraiment d'elle quand il lui proposait un arrangement sécurisant et protecteur ? Quand il lui offrait un contrat, était-ce parce qu'il croyait en son talent ou pour la valoriser et lui donner confiance en elle ? Était-il d'une manière ou d'une autre un peu manipulateur en lui promettant du confort sans vraiment se préoccuper de ce qu'elle souhaitait vraiment ?

Quand la limousine s'arrêta devant la demeure de son père, Lyssia avait le cerveau farci de questions sans réponses et les nerfs en pelote.

Les lumières étaient allumées. Son père était encore éveillé. Il avait toujours été le genre d'homme qui dort très peu. Il aimait travailler, réfléchir, effectuer des recherches, creuser ses intuitions, développer des idées. Il n'était pas étonnant que Dario et lui s'entendent si bien. Comparée à eux, enthousiastes, inventifs, charismatiques, brillants, capitaines d'industrie et bâtisseurs d'empires, elle faisait pâle figure...

— Tu l'as prévenu de notre arrivée ? demanda-t-elle d'une voix légèrement tremblante.

— Oui, je lui ai dit qu'on le verrait ce soir.

— Comment allons-nous procéder ? Annoncer les deux nouvelles en même temps ? Je pourrais commencer par le mariage…

— Les fiançailles d'abord, le petit-enfant dans un second temps.

Lyssia prit deux longues et profondes respirations, les yeux fermés. Dario sortit de la limousine et lui tendit la main pour l'aider. À peine avaient-ils posé le pied sur la première marche du perron que son père ouvrait la porte d'entrée.

Mon Dieu…

Lyssia s'efforçait de garder sa main gauche dans son dos, car la bague était si visible que son père aurait été au courant de leurs fiançailles avant même qu'ils ne les annoncent.

Elle était nerveuse. Seulement deux mois auparavant, elle aurait affirmé sans sourciller que Dario Rivelli était l'homme le plus agaçant de la terre ; et maintenant, elle l'épousait. Bon, en y réfléchissant, le mariage était le seul changement, car Dario était toujours aussi agaçant.

Son père serait-il choqué ? se demanda-t-elle en s'approchant de lui. Il comprendrait probablement qu'ils se marient à cause du bébé. Serait-il déçu qu'elle ait perdu la tête ?

— Que me vaut le plaisir de cette visite ?

— Nous avons quelque chose à t'annoncer, déclara Dario.

Il prit la main gauche de Lyssia et la montra à son mentor.

— Ta fille et moi sommes fiancés.

Son père se raidit, l'air abasourdi. Pendant dix secondes, il ne bougea pas.

— Eh bien, pour une nouvelle ! souffla-t-il enfin.

Puis il fit un pas en avant et attira Lyssia contre lui avant de la serrer dans ses bras.

— C'est merveilleux !

Elle eut soudain envie de briser ce moment. Elle ne voulait pas s'installer dans cette situation heureuse si celle-ci ne devait pas survivre à la seconde annonce.

— Et je suis enceinte.

Elle avait annoncé cela comme si elle l'informait qu'elle avait passé un après-midi shopping sur la Cinquième Avenue.

— Enceinte, répéta son père.

Il s'écarta d'elle et regarda Dario, puis elle à nouveau.

Voilà. Maintenant, il va se mettre en colère.

— Je vais être grand-père ? dit-il d'une voix incrédule.

Il s'approcha de Dario et lui donna une chaleureuse tape sur l'épaule.

— Tu as fait de moi un grand-père, mon fils ?

Lyssia vit se succéder sur le visage de Dario une myriade d'émotions indéchiffrables. Elle ressentait un kaléidoscope similaire. Cela l'exaspérait qu'en cet instant, son père soit plus proche de Dario que d'elle, mais elle savait que celui-ci en avait besoin, que c'était important pour lui.

— Je ne peux pas vous dire à quel point cela me rend heureux ! Je n'aurais jamais pu rêver d'une si belle nouvelle. Est-ce une conséquence de cette tempête de neige ?

— Cela a certainement joué un rôle, dit Lyssia en rougissant.

Dario leva un sourcil grondeur et lui lança un regard furibond.

— Mais il y avait déjà quelque chose dans l'air, ajouta-t-elle avec précipitation.

Après tout, ce n'était que la vérité.

Dario posa une main protectrice au bas de son dos.

— J'ai toujours beaucoup aimé Lyssia. Je voulais être prudent, parce qu'elle est plus jeune que moi et parce que tu sais en quelle estime je te tiens, Nathan. En quelle estime je vous tiens tous les deux. Il n'était pas question de jouer avec ses sentiments, même si je m'attachais de plus en plus à elle, qu'elle me plaisait chaque jour un peu plus. Ce n'est qu'en passant du temps ensemble, même contraints et forcés, que nous avons compris ce qui nous liait.

— Je n'ai pas besoin de connaître les détails, dit son père en souriant. Quand aura lieu le mariage ?

— Le plus tôt sera le mieux, décréta Dario.

— Nous voudrons l'organiser dans les Hamptons, intervint Lyssia.

— Je pensais à Rome, la contredit Dario.

Rome ? L'endroit où il avait vécu dans les rues ? Pourquoi ? Lyssia garda son étonnement par-devers elle : ce n'était pas le moment de poser la question.

— Rome ? C'est une bonne idée, déclara son père.

— Je sais déjà où. L'endroit donne sur la mer. Je m'occuperai de tout. Les préparatifs ne prendront pas plus de deux semaines. La robe de tes rêves pourra être confectionnée dans ce laps de temps, Lyssia, je te le promets, ajouta-t-il, anticipant ses protestations.

— Lyssia, je n'ai jamais été aussi fier de toi, ma fille !

Elle eut l'impression d'un coup de poignard en plein cœur. Ce qui rendait son père fier d'elle, ce n'était pas son travail, ce n'était pas sa personnalité, c'était porter l'enfant de Dario.

C'était tellement douloureux…

Elle réussit toutefois à faire bonne figure. Dario et elle acceptèrent le verre que leur proposa son père. Au bout d'une heure, Dario se leva.

— Il est temps de rentrer.

— Bien sûr, bien sûr, dit son père. Tenez-moi au courant des préparatifs du mariage.

— Sans faute !

— Lyssia, envoie-moi ta proposition de réaménagement des hôtels.

Cette surprenante demande lui remonta un peu le moral.

— D'accord.

— Je sais que bientôt, tu seras très occupée par l'arrivée du bébé. Tu seras une mère merveilleuse, ma chérie.

C'étaient peut-être les mots les plus gentils qu'il lui ait jamais dits.

La limousine avait à peine démarré que Dario se tourna vers elle, le regard brûlant.

— Nous ne retournons pas en ville.

— Où allons-nous ? demanda-t-elle avec un frisson d'excitation.

— Dans un luxueux bed-and-breakfast, où j'ai l'intention de sceller notre arrangement de manière... *particulière.*

Le désir ardent qui illuminait ses pupilles sombres donnait étrangement à Lyssia l'impression de reprendre le contrôle de la situation. Même si, dans le même temps, elle se sentait désemparée. Ils se désiraient l'un l'autre. Donc, en fin de compte, cela donnait à chacun un réel pouvoir sur l'autre.

— Je suis désolé, Lyssia, dit-il doucement.

— Pourquoi ?

— J'ai l'impression que Nathan a été plus... chaleureux et bienveillant avec moi qu'avec toi. Et je ne suis pas... je ne suis pas son fils.

Ces paroles la réchauffèrent tout autant qu'elles la mirent mal à l'aise. Elle éprouvait des sentiments contradictoires à ce sujet. Une peu de jalousie, bien sûr, mais ce qu'elle savait de l'enfance de Dario lui brisait le cœur. Et elle ne lui en voulait pas de la relation qu'il avait avec son père.

— J'ai été heureuse de le voir heureux.

— Mais il aurait dû être plus démonstratif avec toi.

— Tu comptes beaucoup pour lui. Ce n'est pas une compétition.

— Mais tu as eu l'impression que c'en était une, et que tu l'avais perdue. Et cela m'a fait mal. Nous… toi et moi, nous sommes une famille maintenant. Ce bébé sera le nôtre. Il n'y a rien de plus important à mes yeux, sache-le.

Lyssia hocha la tête, touchée. Ce petit changement en lui, cette intuition, cela comptait pour elle. Mais elle devait résister à l'envie d'y voir une évolution des sentiments de Dario.

Celui-ci tendit le doigt vers la vitre.

— Regarde, c'est là. J'ai loué l'aile nord pour nous.

Le magnifique manoir à colombages était situé à seulement dix minutes de la maison de son père. Les murs de leurs appartements étaient vert chasseur. La décoration était cosy, chaleureuse, d'un autre temps avec des chesterfields en cuir, des trophées de chasse et de pêche, des bibelots anciens. Ils avaient à leur disposition une bibliothèque, un salon et une grande chambre avec salle de bains attenante.

Deux valises étaient posées au pied du lit.

— Tu as pris des vêtements chez moi ? demanda Lyssia.

— Non. J'ai *acheté* des vêtements pour toi.

— Eh bien, c'est…

Elle s'interrompit, intriguée. Dario n'ignorait pas qu'elle avait un sens aigu du style. Quel genre de tenues la voyait-il porter ? Cependant, cette question restait secondaire dans son esprit, presque entièrement tourné vers une seule pensée : elle allait refaire l'amour avec Dario.

Alors, au lieu de se perdre en paroles, elle se hissa sur la pointe des pieds et embrassa ses lèvres gourmandes.

11

Au moment où la bouche de Lyssia se posa sur la sienne, le cerveau de Dario se déconnecta. Il ne voulait rien d'autre qu'elle. Cela avait été une décision insensée de l'amener ici, mais impossible de revenir en arrière, désormais. Et il ne le ferait pas même s'il le pouvait.

La soirée chez Nathan avait été un supplice. Être assis à côté d'elle et ne pas pouvoir poser les mains sur elle l'avait rendu fou, tout comme garder pour lui que la raison pour laquelle ils étaient dans cette situation, la raison pour laquelle ils se mariaient était la passion sensuelle qui brûlait entre eux.

Il avait été heurté par l'attitude de Nathan envers sa fille. Lyssia avait eu l'air tellement blessée ! Quelque chose en avait été chamboulé en lui, ce qui l'irritait. Cela compliquait les choses ; or il voulait que ce soit simple.

Il voulait Lyssia Anderson. Il voulait qu'elle sache qu'elle était sienne. Il voulait qu'elle en ait la certitude, afin de ne plus jamais voir sur son beau visage cet air de chaton abandonné et de profonde détresse. Il n'aspirait pas à démêler l'écheveau des émotions qui se jouaient là, seulement à la revendiquer.

Il lui agrippa les cheveux et lui tira la tête en arrière. Il embrassa sa gorge, son cou, ses épaules.

— Tu es à moi, dit-il.

Quelque chose de primitif se déchaînait en lui. Quelque

chose qui lui donnait l'impression d'être étranger à lui-même. C'était au-delà du simple désir sexuel, comme si une créature sauvage s'était emparée de son enveloppe charnelle. Et de son âme. Il était à la merci de cet alien, et c'était une sensation très étrange.

Il avait tellement faim de Lyssia qu'il ne pouvait pas attendre une seconde de plus. Il la débarrassa de sa robe et de sa culotte, ne lui laissant que ses hauts talons qui lui faisaient des jambes interminables.

Bon sang ! Il n'avait jamais vu un corps de femme aussi magnifique ! Ses seins étaient pleins, fiers, avec d'appétissantes pointes roses. Le petit triangle de boucles blondes entre ses cuisses capta son regard. Son sexe était déjà dur et lourd de désir. Son cœur battait si fort qu'il se demanda si elle pouvait l'entendre.

En cet instant suspendu, elle était une déesse, le début et la fin de l'univers.

— Lâche tes cheveux, ordonna-t-il.

Il se dirigea vers un chesterfield et s'y assit, les yeux rivés sur elle. Lyssia passa une main derrière sa tête, défit la pince et laissa ses cheveux blonds cascader sur ses épaules.

— Très bien. Et si tu m'apportais un verre ?

Elle soutint son regard. Une lueur de défi dansait dans ses yeux bleus. Dario comprit qu'elle acceptait de jouer.

— Pourquoi ?

— Pour voir si tu t'es adoucie maintenant que la promesse du plaisir est devant toi. Si tu es plus douce que lorsque tu étais mon assistante.

Il ressentait le besoin de marier le présent et le passé, d'établir un lien entre le désir fou qui l'innervait et ce moment où il avait été pour la première fois frappé par sa beauté, lorsqu'elle était entrée dans son bureau pour lui apporter un café, qu'elle l'avait renversé et s'était agenouillée devant lui pour réparer les dégâts.

— Que désirez-vous, monsieur Rivelli ? demanda-t-elle d'une voix sensuelle.

Oui, elle se prêtait au jeu, et en constatant qu'elle avait la chair de poule, Dario se dit qu'il n'était pas le seul à se consumer de désir…

— Whisky. Sec.

— Très bien.

D'une démarche chaloupée rendue encore plus sexy par ses mules à talons, elle se dirigea vers le bar, s'empara d'une bouteille et servit un verre. Puis elle se dirigea vers lui comme si elle défilait pour lui présenter un accessoire de luxe, les yeux toujours rivés aux siens.

Il lui prit le verre des mains.

— Tu te souviens du jour où tu m'as renversé un café dessus ?

— Oui. J'étais mortifiée.

— Moi, j'étais dévoré par des fantasmes indicibles. Tu t'es agenouillée devant moi, et tout ce à quoi je pouvais penser, c'était à tes lèvres qui m'enveloppaient.

Les pointes de ses seins étaient plus sombres, tendues. Dario se demanda si son excitation se manifestait aussi plus bas. Elle le défiait du regard. Alors il se dit qu'il pouvait aller plus loin, qu'il n'était pas question là de domination, mais de séduction entre adultes consentants. Et au pire, si elle se regimbait, se chamailler était aussi un plaisir qu'ils goûtaient tous les deux.

— Agenouille-toi devant moi, Lyssia.

Avec un demi-sourire provocant, elle obtempéra. Il défit sa ceinture, déboutonna son pantalon, ouvrit sa braguette et libéra son sexe tendu. Lyssia se pencha et, du bout des lèvres, effleura son gland. Le jeu de pouvoir tournait à son avantage.

— Prends-moi dans ta bouche, ordonna-t-il alors.

Avec grâce et douceur, elle saisit d'une main la base de son sexe. Puis elle commença à le lécher et à le sucer comme s'il s'agissait de sa friandise préférée. Encore et encore. Dario s'abandonna à l'exquise caresse. La langue de Lyssia s'aventurait vers des zones sensibles, puis remontait le long de son érection tandis que délicatement ses mains empoignaient, malaxaient, effleuraient... Lorsque ses dix doigts s'enroulèrent autour de son sexe, entamant un va-et-vient rapide tandis que sa bouche l'aspirait, il comprit où elle voulait en venir.

— Non ! s'exclama-t-il.

Elle s'interrompit et leva vers lui un regard interrogateur. Dario se redressa, la souleva et, assis au bord du fauteuil, positionna Lyssia sur ses genoux. Il aurait pu la pénétrer d'une seule poussée, mais il la fit descendre lentement sur toute sa longueur, jusqu'à ce qu'il soit complètement fiché en elle. Les mains posées sur ses épaules, elle l'avait regardé droit dans les yeux en gémissant de plus en plus fort tandis qu'il l'envahissait.

Elle laissa retomber sa tête en arrière et commença à remuer. Tantôt elle ondulait, tantôt elle se balançait d'avant en arrière, tantôt elle bougeait de haut en bas. Elle poussait de petits cris rauques. Dario posa les mains sur ses seins et, du pouce et de l'index, joua avec leurs pointes. Telle une fière amazone en quête de plaisir, elle le chevauchait avec ardeur.

Alors il lâcha prise. C'était si bon de se perdre dans cette voluptueuse étreinte, dans les sensations que Lyssia faisait jaillir ! C'était comme une première fois.

Ils se marieraient pour leur enfant, pour la réputation, pour son père, mais ces instants n'appartenaient qu'à eux. Quand elle lui avait demandé ce qu'il ferait s'il se lassait d'elle, il avait menti. Parce qu'il ne se lasserait jamais d'elle. Elle était à lui, entièrement, complètement. Il n'avait jamais rien eu qui lui appartienne aussi naturellement, aussi évidemment. Il n'avait pas charmé Lyssia, n'avait pas joué un jeu ou un personnage, ne lui avait pas donné que ce qu'elle voulait ou dit ce qu'elle voulait entendre. Et il en avait été de même pour elle. Depuis le début, leur connexion était honnête, claire, réelle.

Lyssia accéléra le tempo. Alors Dario déplaça une main à l'endroit où leurs corps se joignaient et caressa le bourgeon sous les boucles blondes. Elle haletait et gémissait de plus en plus fort. Il lui pinça alors doucement le clitoris et le fit rouler entre son pouce et son index. Le corps de Lyssia se raidit, se cambra, et elle cria, cria, cria, ce qui eut pour effet de libérer son propre plaisir en longues saccades sauvages.

Jamais il n'avait joui avec une telle intensité. Jamais il ne s'était abandonné à cette part indomptée en lui. Jamais il n'avait désiré avec tant de force. Jamais il n'avait croisé une femme aussi singulière. Dangereuse.

Il s'aperçut que son verre de whisky était renversé par terre. Il y vit un symbole : elle avait fait tomber la tasse de café le jour où il avait pour la première fois vu Lyssia comme une femme.

Il lui caressa les cheveux en la dévisageant.

— Tu es belle.

— Et toi tu es superbe.

— Alors, comment trouves-tu notre association ? Tu es sûre de ne pas regretter Carter ?

Elle fit semblant de réfléchir.

— Qui ?

Dario rit.

— Sérieusement, je ne pense jamais à lui. Ce n'est probablement pas gentil de ma part, mais nous ne nous sommes rien promis. En fait, je pense que j'ai peut-être un peu exagéré notre relation. Je ne voulais pas de lui, je voulais juste que ma vie soit différente. Je voulais me *sentir* différente, mais d'une manière que je pouvais contrôler.

— Ta vie est différente, aujourd'hui.

— Oui, mais je ne contrôle pas la situation.

Elle commença à défaire les boutons de sa chemise, puis en écarta les pans et lui caressa le torse.

— Aucun de nous ne la contrôle, si ? reprit-elle.

Dario perçut la nuance dangereuse et téméraire de cette question en apparence banale ; sa profondeur, aussi.

— Je te veux, dit-il.

C'était la réponse la plus honnête qu'il pouvait lui faire, même si cela ne répondait pas exactement à son interrogation.

— Moi aussi, dit-elle simplement. C'est affreux, non ? Avant, nous avions une vie.

— Pendant notre séparation, je n'ai quasiment pensé qu'à toi, avoua Dario.

— Seulement « quasiment » ? lança-t-elle en riant. Moi, j'ai voulu t'appeler tellement de fois ! Je pensais que c'était une mauvaise idée, que tu en avais fini avec moi.

— C'était mon intention. Quand j'étais enfant, je ne savais jamais de quoi le lendemain serait fait. Alors adulte, j'ai cherché à tout contrôler, tout maîtriser, tout anticiper. Cela faisait longtemps que la vie ne m'avait pas surpris. Je suppose que je devrais te remercier pour ça.

Lorsqu'il était enfant, il avait cru que son père l'aimait, et que l'amour était fiable parce que sa mère lui avait affirmé que c'était le cas. Mais quand tout avait mal tourné, son père ne l'avait pas protégé, il l'avait vendu. L'amour était devenu synonyme d'amertume et de trahison. Il avait décidé de ne plus jamais y croire. Les décisions qu'il avait prises à propos de leur enfant l'avaient été en utilisant sa tête, pas son cœur. Et quand il s'agissait de Lyssia, c'était son corps qui parlait.

Il pouvait rationaliser ces choses. C'était indispensable pour lui. Mais si c'était différent de ce qu'il avait imaginé, cela ne dépassait pas les limites qu'il s'était fixées.

— C'est pour être encore surpris que tu veux te marier à Rome ? demanda Lyssia.

— Peut-être que je souhaite simplement y revenir riche avec ma femme et mon enfant.

Elle ne répondit pas et posa la tête contre son cou. Ce geste tendre le fit frissonner.

— Tu devrais emménager avec moi dès qu'on rentre à Manhattan. Ce sera plus pratique.

— Pour le sexe ?

— Oui.

— Vivre avec une autre personne n'est pas seulement une question de sexe. Nous allons partager des choses. Nos vies.

— Tu veux vivre avec moi. Tu veux être avec moi. Tu veux être dans mon lit.

— Ce que tu es arrogant ! dit-elle en lui donnant un coup de poing dans l'épaule.

— Oui, c'est vrai.

— Tu me désires vraiment depuis ce jour où j'ai renversé le café dans ton bureau ?

— Oui. Ça m'a frappé comme la foudre ce jour-là.

— Oh ! Un vrai coup de foudre ? le taquina-t-elle.

— Un coup de foudre charnel.

— Et quelques années plus tard, tu veux que j'emménage chez toi pour passer l'aspirateur nue et en talons.

Il éclata de rire. Il n'avait jamais vécu avec une femme ; jamais même envisagé de le faire. C'était une perspective étrange, mais une perspective qui lui plaisait puisque la femme en question était Lyssia.

— Nous n'avons même pas atteint la chambre à coucher, nota-t-elle en regardant autour d'elle.

— N'hésite pas à ouvrir la voie. Et à découvrir ce qui se trouve dans ta valise.

La curiosité, l'intérêt et l'excitation brillèrent dans ses yeux. Il y avait eu très peu de moments dans sa vie où Dario s'était considéré comme heureux.

Là, soudain, il avait l'impression de l'être.

12

Sur le chemin du retour vers Manhattan, Lyssia avait l'impression de flotter. Et elle n'avait jamais ressenti cela auparavant. Elle ne s'était jamais considérée comme une romantique, mais elle commençait à reconnaître qu'elle s'était interdit de l'être. Cela avait fait partie de son système de défense ; tout comme de s'interdire de tout vouloir, par peur d'y mettre trop d'elle-même, de trop s'impliquer, de se mettre en danger.

C'est pourquoi l'option Carter lui avait semblé une bonne idée. Sécurisante. Puis s'était dissipée dès que ses lèvres avaient touché celles de Dario.

Là, dans cette limousine qui filait vers le cœur de New York, elle était heureuse. Elle ne savait pas vraiment ce que cela signifiait, mais elle le ressentait. Elle avait de l'espoir quant à l'avenir. À *leur* avenir.

Lorsqu'ils arrivèrent à son appartement, elle décida que le moment était venu de lui montrer la pièce où elle travaillait.

— Voilà, c'est ici.

Elle se doutait qu'aux yeux du très organisé Dario, l'endroit semblerait... désordonné. Elle regarda la pièce comme si elle la découvrait : des murs rose vif, un autre, celui contre lequel son bureau était appuyé, recouvert d'un papier peint à motifs avec des feuilles de palmier et des oiseaux de paradis, des échantillons de tissu, de teinture, de vernis disséminés un peu partout, des outils en vrac...

Dario ne disait rien. Elle devinait qu'il se demandait comment on pouvait travailler dans un tel bazar.

— C'est tout à fait étonnant. Sur quel support dessines-tu ?

— J'ai des carnets. Parfois, je travaille en virtuel sur ma tablette.

— Tu crées tes propres tissus ?

— Oui. C'est ma gamme. Personne d'autre n'a ces tissus. Je peux concevoir et faire fabriquer des textiles exclusifs pour ta chaîne d'hôtels, ajouta-t-elle, enthousiaste.

— C'est assez impressionnant, Lyssia. Tu devrais envisager d'engager des collaborateurs.

— J'ai une bonne équipe. Ils travaillent tous à distance. Certaines personnes assurent la liaison avec les fabricants, d'autres m'aident dans la conception. Tu sais, lorsque je suis arrivée au chalet, je pensais sincèrement que l'entreprise était en train de s'éteindre. J'étais prête à tout laisser tomber. J'avais l'impression d'avoir échoué.

— Qu'est-ce qui t'a fait changer d'avis ?

— Parler avec toi. Et puis j'ai découvert que j'étais enceinte. J'ai passé trois semaines à ressasser ce que j'allais faire. J'avais peur de te voir. Mais tu me manquais.

— Tu m'as manqué aussi. Même si tu es une sacrée enquiquineuse.

Elle rosit de plaisir. C'était peut-être la chose la plus gentille que Dario ait jamais dite.

— Je ne m'attendais vraiment pas à ce que tu veuilles te marier avec moi. En fait, tu es très attaché aux conventions, on dirait.

Il n'avait pas bougé, caressant distraitement un coupon de tissu, et pourtant elle eut l'impression qu'il s'éloignait d'elle.

— Ce n'est pas une question de conventions ou de traditions, mais de sécurité. Pour le bien de notre enfant. Ce n'est pas non plus une question de sentiments. L'amour est une quête insensée, Lyssia. Il disparaît quand on en a le plus besoin. Je crois aux accords, aux contrats et au sens pratique.

Lyssia encaissa ces paroles sans broncher. Ce n'était pas un scoop, pourtant cela lui faisait mal qu'il lui rappelle que ce mariage et cette vie commune à venir n'étaient pas des décisions qu'il avait prises pour elle, parce qu'il tenait à elle.

Même si cela la rendait triste, elle ne devait jamais l'oublier. Elle essayait de s'ouvrir à ses propres sensations, à ses sentiments, d'accepter qu'elle voulait plus que ce qu'elle s'était autorisé jusque-là. Or c'était difficile quand Dario lui rappelait à chaque instant les raisons qu'elle avait de se protéger.

— Enfant, il y avait de l'amour à la maison, je crois, reprit Dario. Mais il ne m'a pas protégé. Il ne m'a pas gardé en sécurité. À quoi sert l'amour s'il ne protège pas. Est-ce de l'amour, d'ailleurs ? Si oui, l'amour m'a menti. Mon père m'a menti. Il m'a trompé.

— Mais tu ne laisseras pas tomber notre enfant, dit-elle. J'en suis persuadée. Ce n'est pas en toi, Dario. Ce n'est tout simplement pas toi.

Il secoua la tête.

— Je ne peux pas me faire confiance.

— J'ai beaucoup de mal à le croire. Tu es un homme bon.

— Je...

Il se tut et baissa la tête. Lyssia comprit alors qu'il ne pouvait pas aller plus loin pour l'instant. Et qu'elle devait respecter cela. Inutile d'insister. Elle n'allait tout de même pas se mettre à genoux et lui dire qu'elle l'aimait.

Cette idée la mit mal à l'aise. Parce qu'elle craignait d'être bien plus capable de le faire qu'elle ne l'aurait voulu.

Dario avait le regard tourné vers la fenêtre. Elle fut frappée par son profil. C'était un si bel homme ! Superbe, troublé et blessé.

— Mon père m'a dit que nous allions rencontrer des amis, commença-t-il d'une voix hésitante. Mais il a menti. Il ne les connaissait pas. Je pense qu'il ne savait pas ce qu'ils comptaient faire de moi. J'ai cru mon père. Je lui ai fait confiance. Je ne l'ai jamais revu. Il m'a laissé là-bas. Je devrais leur être reconnaissant de m'avoir seulement obligé à frotter les sols et à accomplir les tâches de la ferme. Parce que l'alternative était de vendre mon corps. Ils connaissaient beaucoup de gens qui le faisaient. Le jour où il m'a abandonné, mon père m'a dit qu'il m'aimait. Il est parti et n'est jamais revenu. Je ne comprendrai jamais.

Incapable de parler, dévastée, Lyssia s'approcha de lui et posa la tête sur son torse. Elle entendait son cœur battre la chamade. Elle sentait le poids de la trahison de son père. Elle la ressentait dans sa propre chair.

Elle aurait voulu aider Dario à s'en débarrasser, mais elle ne pouvait pas. Non pas parce qu'elle doutait d'elle-même ou se sentait illégitime, mais parce qu'elle ne savait pas s'il existait un remède à l'horrible douleur que lui avait causée la personne qui était censée s'occuper de lui et l'aimer.

— Moi non plus, je ne comprendrai jamais, murmura-t-elle. Mais je te promets d'aimer ton enfant et de prendre soin de lui. Je te le jure solennellement.

Il l'entoura de ses bras et la serra contre lui.

— Je le sais. Et moi, je prendrai soin de vous deux. Tu as ma parole.

Mais pas ton amour, faillit-elle répliquer. Toutefois, elle comprenait un peu mieux Dario, désormais. Elle comprenait pourquoi ce mot, « amour », lui paraissait dénué de sens. Dangereux. Mensonger. Quelqu'un lui avait-il dit « je t'aime » depuis son père ? Elle en doutait. En tout cas, certainement pas Nathan. Ce dernier le disait très peu à sa propre fille, souvent seulement quand elle le disait en premier. Il n'était ni démonstratif ni émotif. Avec Dario, entre hommes faits du même bois, ils se tapaient sur l'épaule, voire se donnaient de viriles accolades. Pas de câlins. Pas de mots tendres.

Elle s'écarta de Dario.

— Je vais préparer mes affaires.

— J'ai du personnel pour le faire, si tu veux.

— Nous n'avons pas besoin de personnel, Dario. Je suis heureuse de passer la journée avec toi si tu es heureux de la passer avec moi.

Lyssia préparait ses bagages avec entrain, heureuse de la présence de Dario à ses côtés. C'était vraiment amusant, un contraste frappant avec les instants pesants qui avaient suivi leur arrivée. C'était étrange et merveilleux qu'ils puissent partager ce genre de moment simple.

— Quand as-tu décidé de quitter cette horrible famille ? demanda-t-elle en refermant une valise.

— J'y suis resté quatre ans. Je ne savais pas quoi faire d'autre. Pourtant, un jour, je me suis enfui. J'ai ensuite vécu dans la rue pendant près d'un an. J'ai commencé à traîner sur le port d'où partaient les bateaux de croisière. Quelqu'un m'y a aidé à fabriquer de faux papiers.

Elle se figea, les yeux écarquillés.

— Tu t'appelles vraiment Dario Rivelli ?

Il sourit.

— C'est ce que disent les papiers.

— Mais est-ce ton nom ?

— Maintenant, oui.

— Tu plaisantes ! Tu vis sous une fausse identité ?

— Plus ou moins. Les membres de la famille qui m'exploitait

m'appelaient « garçon ». Dans la rue, personne ne me nommait. J'ai reçu une nouvelle identité à treize ans et je m'y suis accroché depuis.

Lyssia devina qu'il connaissait son vrai nom, mais qu'il ne voulait pas qu'elle le sache. Elle décida de ne pas creuser. Pour l'instant...

— Tu as donc embarqué pour l'Amérique sur un bateau de croisière.

— Oui. J'ai passé trois mois à servir les passagers à table lors des repas. Un beau matin, j'ai décidé de ne pas remonter à bord et de rester à New York. J'ai fait des petits boulots, dormi à droite à gauche, sous des ponts, dans des parcs, des immeubles abandonnés ou en travaux. J'ai finalement réussi à me trouver un logement dans un quartier douteux de la ville. Une seule pièce. Pas de place pour autre chose qu'un matelas. Une salle de bains commune au bout du couloir. Mais c'était chez moi, et tu n'as aucune idée de ce que cela signifiait pour moi après toutes ces galères.

— Tu as raison, je n'en ai aucune idée. Comment le pourrais-je, alors que je n'ai jamais manqué de rien ?

— Je ne voulais pas te blesser en disant cela. Je sais que tout n'a pas toujours été facile pour toi.

— Tu penses que mes blessures ne sont pas légitimes ?

— Non, ce n'est pas du tout ce que je pense.

— Tu penses que tu es guéri ?

— Je vais bien.

— Dario, tu ne veux pas me dire ton vrai nom. Je ne pense pas que tu ailles si bien que cela.

Comparé au penthouse de Dario, qui occupait tout le dernier étage de son immeuble et offrait la plus belle vue sur New York, son appartement ressemblait à un taudis. Lyssia l'imagina adolescent planté au pied des buildings, des rêves plein les yeux. Aujourd'hui, il ne les regardait plus depuis la rue, mais depuis les sommets.

En le regardant, elle savait qu'il avait exactement les mêmes pensées.

Elle avait toujours vu Dario comme quelqu'un de difficile, d'inflexible, jamais comme une victime. Maintenant, elle comprenait qu'il était encore ce garçon arrivé ici sans un sou en poche, et qu'il était impossible que cela n'influence pas sa personnalité, ses décisions et ses actes.

Ils avaient tous deux connu la douleur de la perte, mais Lyssia avait toujours été en sécurité. Dario, lui, avait connu la pénurie, la peur, le doute, la violence et la maltraitance. Comment cela pourrait-il ne pas laisser de traces ? Cela lui donnait envie de l'aider, de le soutenir, d'être présente pour lui. De son côté, il lui avait déjà beaucoup apporté. Il avait décelé en elle des qualités, du talent et un potentiel qu'elle ne soupçonnait pas.

Toute la question était désormais de savoir *comment* elle pourrait l'aider ; tout en prenant garde à ce que l'intensité de ses sentiments ne franchisse pas certains paliers – elle était déjà bien plus haute qu'elle ne le souhaitait. N'était-ce pas compréhensible, après tout ? Dario faisait partie de sa vie depuis longtemps, ils allaient se marier : comment de ne pas éprouver de sentiments ?

Demande-lui si tu peux avoir ta propre chambre, songea-t-elle.

Mais avant que les mots ne franchissent ses lèvres, Dario se pencha vers elle et l'embrassa.

Soudain, la logistique n'avait plus d'importance.

13

Son penthouse avait changé depuis que Lyssia y avait emménagé. Dario n'aimait pas le désordre, tout avait toujours été bien rangé chez lui, mais Lyssia était une sorte de chaos doux et rose, une irrésistible tornade, une explosion de couleurs, et désormais il y avait des vêtements sur le sol de son appartement. Curieusement, il avait découvert qu'une partie de lui appréciait cette révolution dans son quotidien et son cadre de vie.

Il se prépara un expresso. Il était en exil dans sa propre cuisine, car Lyssia avait un essayage de sa robe de mariée dans la chambre, et il n'était pas autorisé à la voir.

Sa femme... Elle allait devenir sa femme.

Tout avait commencé par une irrépressible attirance, qui était devenue un besoin dévorant, et maintenant elle vivait avec lui et allait l'épouser. Elle était sur le point de devenir sa famille.

Le mot était encore comme une écharde en lui. Un éclat de verre tranchant.

Il avait toujours considéré Nathan Anderson comme une figure paternelle, mais ils n'étaient pas du même sang. Bientôt, il aurait un enfant. Un humain qui partagerait son ADN. Lyssia, leur enfant et lui seraient une famille.

Il eut l'impression qu'on lui arrachait le cœur et qu'on le tordait.

Il avait perdu sa mère. Son père l'avait abandonné. Il savait que ce n'étaient pas seulement les liens du sang qui faisaient une famille, mais il s'agissait tout de même d'un lien fondamental, unique, précieux. Ce serait à lui de ne pas le gâcher.

Ce qui l'effrayait le plus, c'était ce qu'il ne pouvait pas contrôler : les maladies, les accidents, les coups du sort. Sa mère était tombée malade, le cancer l'avait emportée, ce n'était la faute de personne et personne n'avait rien pu y faire. Comment accepter qu'il était impossible de protéger *complètement* sa famille ?

Les voix de Lyssia et de la créatrice le tirèrent de ses sombres pensées.

— Tout s'est bien passé ? demanda-t-il.

— Oui, répondit Lyssia, les yeux brillants.

Était-ce la perspective d'un avenir avec lui qui la rendait si heureuse, ou était-ce simplement la satisfaction d'avoir trouvé sa robe de mariée ?

Dario se rendit compte qu'il voulait la réponse à cette interrogation. Parce qu'il voulait être la source du bonheur de Lyssia Anderson. Et dans le même temps, il ne pouvait pas supporter ce qu'impliquait cette idée.

Après le départ de la créatrice, Lyssia passa ses bras autour de son cou, pressa son corps contre lui et l'embrassa. Il la serra légèrement dans ses bras. C'était étrange, ces petits moments d'affection. Il était habitué au besoin sauvage et indompté entre eux. La façon dont elle le touchait, dont elle l'embrassait juste pour l'embrasser, avec tendresse, le déstabilisait. Le troublait.

— Tout se met en place pour le mariage, affirma-t-elle.

— Les invitations ont été envoyées ?

— Oui. Et mon père a affrété un jet pour faire venir mes amis d'université.

Dario se rembrunit. Il n'avait pas d'avion à remplir avec des amis. Il avait des associés, des clients et des collaborateurs.

— Je suis très heureux pour vous.

— Je ne suis pas ton trophée, Dario, n'est-ce pas ? La femme beaucoup plus jeune, issue d'un bon milieu social, qui valide ta réussite...

— Tu n'es pas beaucoup plus jeune que moi, répliqua-t-il avec son air pince-sans-rire.

— Bien sûr que si ! lança Lyssia en souriant. Et cela flatte ton ego masculin.

— Mon ego se porte très bien, merci.

Elle s'éloigna de lui en riant. Dario voulait faire l'amour avec elle. Parce qu'elle l'avait embrassé tendrement et qu'en transformant cela en sexe, ce serait plus facile à gérer. En le transformant en sexe, cela deviendrait autre chose que cette sorte d'affection qui lui faisait peur, autre chose que des *sentiments*.

Mais déjà Lyssia se déplaçait tel un tourbillon, rassemblant ses affaires.

— Je dois me rendre dans l'un de mes showrooms. Il y a un problème avec certaines fournitures et je dois m'en occuper. Dieu merci, il s'agit d'une collection limitée et non d'un produit que nous fabriquons pour toi ou pour mon père !

— Tu ne veux pas rester ?

Il entendit la note suppliante dans sa propre voix et il se méprisa de ne pas parvenir à masquer le besoin qu'il avait d'elle.

— Non, je ne peux pas rester, j'ai du travail. Et je suis sûre que toi aussi.

Il se rapprocha d'elle, lui prit la main et la posa sur le devant de son pantalon. Elle haussa les sourcils.

— Oh ! Je suis sûre que cela suffirait à me rassasier, mais… j'ai une urgence professionnelle. Amuse-toi tout seul en attendant mon retour, ajouta-t-elle avec un clin d'œil coquin.

Puis elle sortit et, pour la première fois de sa vie, Dario se retrouva abandonné, au comble de l'excitation, par une femme.

Certes, il était fier d'elle, de sa détermination, de l'évolution de sa carrière, mais comment effacer la sensation exquise de ses lèvres douces contre les siennes ? Comment calmer le désir ardent qui enflammait tous ses sens ? Comment apaiser ce besoin viscéral qu'il avait de la protéger tout en sachant que le monde ne le permettrait pas toujours ?

Dio ! C'était insupportable !

Il dut supporter l'insupportable durant quelques heures, jusqu'au retour de Lyssia. Et alors, seulement alors, il put dissoudre sa frustration et ses angoisses dans de fougueuses étreintes – sur le canapé, dans la douche, dans le lit.

Le souvenir de l'affection s'effaça devant la lasciveté.

Le souvenir de ses préoccupations émotionnelles s'effaça devant la sensualité.

Le souvenir de ses doutes s'effaça devant la certitude qu'au moins, à défaut d'autre chose, il pouvait lui donner du plaisir.

C'était une connexion réelle et forte, sur laquelle il était possible de s'appuyer.

Quant aux aléas du monde et de la paternité, mieux valait ne pas trop y penser…

14

Quelle ville spectaculaire ! songea Lyssia tandis qu'ils traversaient Rome pour gagner le palace en bord de mer réservé par Dario.

— Tu as l'impression d'être… un peu chez toi ? demanda-t-elle à Dario.

— Non. Ces rues étaient le territoire d'un garçon mort depuis longtemps.

Et pourtant, elle savait que ce n'était pas vrai. Il était italien, cela faisait partie de son identité. Cherchait-il à le nier parce que c'était douloureux ?

Durant la semaine qui venait de s'écouler, leur relation, déjà placée sous le signe de la sexualité débridée, avait pris un tour encore plus charnel. Lyssia ne s'en plaignait pas, mais elle devinait que c'était une échappatoire pour Dario, le moyen de fuir quelque chose.

Mais quoi ?

Son père arriva en fin d'après-midi, et tous trois flânèrent dans le centre-ville avant d'aller dîner près du Colisée. Les rues étaient bondées, l'atmosphère étourdissante, mais Lyssia adorait cette ambiance vivante, ponctuée d'exclamations chantantes. Elle adorait entendre Dario parler italien, traduire pour eux et se détendre au fur et à mesure que la soirée avançait. Elle aimait sentir qu'il était heureux ici, en partie grâce à elle. Il avait évoqué le fait d'y revenir riche, avec femme et enfant. Ce retour triomphant, cette revanche sur la vie lui étaient sans doute bénéfiques.

Elle lui jeta un coup d'œil à la dérobée tandis qu'il commandait du vin avec de grands gestes. Il était beau, brillant, exceptionnel. Et soudain, une intuition l'envahit.

C'était un garçon.

Elle portait le fils de Dario.

La nuit précédant le mariage, Lyssia s'installa dans une autre chambre du palace, au grand dam de Dario.

Le lendemain matin, tandis que son équipe de stylistes la préparait, elle se sentait mal. Son cœur battait la chamade et ses mains tremblaient.

Elle avait choisi une robe qui lui rappelait les histoires de fées et d'elfes que lui racontait sa mère quand elle était enfant, une robe au décolleté plongeant et aux manches longues et évasées. Ses cheveux étaient détachés et son maquillage très léger, naturel. Son bouquet était composé d'une cascade de lys qui s'accordait avec la décoration de la vieille église dans laquelle ils allaient se marier, remplie de chandeliers et de fleurs.

Dans la voiture qui l'emmenait à l'église, elle serra son bouquet contre sa poitrine. Pour calmer les battements de son cœur, ou peut-être pour mieux les sentir. Car, tandis qu'elle regardait la ville à travers la vitre, une vérité s'épanouissait lentement en elle.

Elle n'épousait pas Dario pour le bien de leur enfant. En vérité, cela n'avait jamais été sa motivation. En effet, il lui aurait été facile de refuser : elle avait du pouvoir, de l'argent, et Dario n'aurait pas risqué de se brouiller avec son père à cause d'elle. Elle ne l'épousait pas non plus pour obtenir des contrats qu'elle aurait pu décrocher grâce aux relations de son père. Elle ne l'épousait pas parce qu'il l'avait contrainte ou fait chanter, elle l'épousait parce qu'elle le voulait.

Son père l'attendait à l'arrière de l'église. Il l'aida à sortir de la voiture. Ses yeux brillaient.

— Quelle belle mariée tu fais, ma fille, murmura-t-il d'un ton plein d'admiration.

Lyssia fut désarçonnée. Elle avait imaginé qu'il lui dirait qu'il était fier qu'elle épouse Dario. Les larmes lui montèrent aux yeux. Il l'emmena dans la sacristie, où ils attendraient pour faire leur entrée et rejoindre l'autel.

— Je suis étonné par la femme que tu es devenue, reprit son père. Tu n'es plus une enfant. Tu ne l'es plus depuis longtemps. Mais j'ai eu trop longtemps peur de ne plus pouvoir te considérer comme ma fille chérie, ma petite Lyssia. Parfois, je ne t'ai pas assez soutenue ou félicitée simplement parce que je ne pouvais pas supporter l'idée que tu avais grandi. Je voulais que tu aies besoin de moi. Que tu aies besoin de mes conseils. J'ai espéré que tu travaillerais pour moi, parce que je voulais te garder près de moi. Tu es une personne incroyable. Intelligente, ambitieuse et bien plus chaleureuse que je ne l'ai jamais été. Tu tiens cela de ta mère, de même que ta douceur et ta créativité. Elle serait tellement heureuse, aujourd'hui !

— Ça a été difficile, papa, murmura-t-elle, la voix nouée par l'émotion. Parfois, j'avais l'impression de... de ne pas compter.

Il ferma les yeux, l'air peiné. Pour la première fois, elle réalisa qu'il en avait eu conscience.

— Je suis désolé. Pour toutes les choses que je n'ai pas faites pour toi quand tu étais plus jeune. Pour toutes les choses que je n'ai pas su te donner, même quand tu les méritais. Je suis désolé.

— Tu n'as pas à être désolé, papa. Tu es un bon père.

— Mais tu ne t'es pas toujours sentie aimée, n'est-ce pas ?

Un sentiment d'amertume lui bloqua le souffle.

— C'est faux. Je me suis toujours sentie aimée. Parfois, je n'avais pas l'impression que tu étais fier de moi. Parfois, je n'avais pas l'impression que tu me comprenais. Mais j'ai toujours su que tu m'aimais, papa. Je n'en ai jamais douté. J'ai souvent pensé que tu aimais peut-être un peu plus Dario.

— J'aime vraiment Dario. Il est le fils que je n'ai jamais eu. Le fils que je n'ai jamais pu avoir. Parce que je n'ai jamais voulu quelqu'un d'autre que ta mère. Alors il m'est apparu comme un don du Ciel, tu comprends ? Et maintenant, tu me donnes un petit-enfant, avec lui. C'est une bénédiction, mais ce n'est pas ce dont j'avais besoin pour être fier de toi.

— Merci, murmura-t-elle.

— Je ne t'ai jamais aimée moins que Dario. Au contraire, je t'aimais tellement que j'avais l'impression que cela pourrait me briser. Car la seule personne que j'ai autant aimée, c'est ta mère, et je l'ai perdue. Alors peut-être que je me suis protégé, mais ce n'était pas parce que tu me décevais.

— Oh ! Papa...

Elle se jeta dans ses bras. Cela n'effaçait pas les erreurs qu'il avait commises, mais quelle importance ? Elle l'aimait, il l'aimait, c'était suffisant.

Une partie d'elle venait de guérir.

Quelques instants plus tard, on vint les chercher. Quand, au bras de son père, elle vit Dario debout au bout de l'allée, elle eut une révélation. Elle savait exactement ce qu'elle devait lui donner pour l'aider.

De l'amour.

Soudain, elle sut aussi, au plus profond de son âme, qu'elle épousait Dario parce qu'elle l'aimait.

C'était la seule raison.

L'amour.

Lorsqu'il vit Lyssia avancer vers lui, Dario eut l'impression qu'un ange s'approchait. Sa robe blanche et diaphane l'enveloppait comme un nuage. Ses seins ronds et généreux étaient mis en valeur par le décolleté. Son visage rayonnait de joie. Le spectacle était si beau qu'il dut presque détourner le regard.

Parce qu'il ne la méritait pas.

Il ne méritait pas cette belle et brillante lumière qu'elle lui apportait.

Lorsque Nathan la lui confia, un énorme poids de responsabilité s'abattit sur ses épaules.

Elle le dévisageait avec une confiance absolue. Il lui prit les mains et la cérémonie débuta.

Il prononça ses vœux avec la plus extrême sincérité. Il avait l'intention de les honorer. Pour toujours. Il ne pouvait s'expliquer l'intensité de son engagement, mais il le consumait. Le changeait. Devenait l'essence même de ce qu'il était.

Quand ils procédèrent à l'échange des alliances, puis s'embrassèrent, il eut l'absolue certitude qu'il n'était plus seulement Dario Rivelli, mais devenait le mari de Lyssia, tout comme elle devenait sa femme.

Il lui paraissait désormais absurde qu'il ait fallu l'aide d'une tempête de neige et l'absence de Carter Westfield pour qu'ils deviennent ce qu'ils étaient destinés à devenir. Car y avait-il déjà eu un moment où Lyssia n'avait pas été sienne ?

Il se souvint brusquement qu'une réception était prévue. *Bon sang !* Il ne voulait pas de fête. Il voulait être seul avec elle.

Dario avait installé une Lyssia épuisée dans la chambre de son jet. Il s'obligea à la laisser dormir, alors qu'il aurait tant voulu la faire sienne en plein ciel, en chemin vers Tahiti, où il avait loué une île privée pour leur lune de miel.

Calé dans un confortable fauteuil en cuir, il sirotait du whisky pour oublier l'étau qui lui comprimait la poitrine.

Le besoin sauvage que lui inspirait Lyssia le terrifiait, parce qu'il avait compris que son origine n'était pas seulement sexuelle. Et que cela compromettait tout ce qu'il s'était toujours dit à propos de la force de leur connexion, de la décision qu'il avait prise de l'épouser et de l'importance de ce mariage. Bien sûr, cette union était destinée à protéger son enfant et la mère de celui-ci. Mais était-ce vraiment sa raison d'être ? Avait-il vraiment pris cette décision froidement ? Était-ce le fruit d'un simple calcul rationnel et logique ?

Non, ce qu'il éprouvait pour Lyssia n'avait rien de logique. Et ne ressemblait à rien de ce qu'il avait déjà vécu.

Ce qu'il éprouvait pour Lyssia ne lui ressemblait pas.

— C'est magnifique ! s'exclama Lyssia tandis qu'ils remontaient le sentier qui menait à leur villa.

La construction était à la fois moderne et traditionnelle. Adossée à la forêt, elle donnait sur la plage et un lagon à l'eau turquoise. Mais Dario n'était pas en état de s'extasier. Il n'avait pas fermé l'œil de tout le vol et avait l'impression d'avoir couru un marathon, alors que sa femme était fraîche comme une rose. Et puis le paysage pouvait bien attendre : il désirait sa femme et n'avait pas l'intention de patienter plus longtemps.

Dès qu'elle posa le pied sur la grande terrasse en bois, il la prit dans ses bras et l'embrassa avec voracité. Puis il la coucha sur l'une des superbes banquettes et la déshabilla. En lui ôtant une à une ses couches de vêtements, il se dépouillait de plusieurs couches de lui-même ; de son armure intérieure. Et il s'aperçut qu'il n'avait envie de résister ni à elle ni à leur alchimie.

Elle était magnifique, et même au-delà. Tout ce qu'il avait

toujours désiré. Dès l'incident de la tasse de café, dans son bureau, il avait su que quoi qu'elle ait été pour lui auparavant, elle était devenue la femme de ses rêves – la femme de rêves qu'il ne savait pas encore être les siens.

Il lécha et caressa son corps avec vénération depuis les jambes jusqu'au cou, avec une halte plus longue à la source de sa féminité, où il s'abreuva à grands coups de langue qui firent gémir Lyssia.

Il avait été seul presque toute sa vie et voilà que cette femme s'était glissée sous sa peau et avait atteint le cœur même de son être, qu'elle lui avait permis de découvrir.

Quand, d'une longue poussée, il s'enfonça en elle, il eut l'impression d'une évidence, comme s'il revenait chez lui, comme si la vie et le monde avaient tout à coup un sens.

Il était l'esclave de leur connexion, l'esclave de Lyssia, l'esclave d'émotions inconnues et perturbantes, mais lorsqu'ils faisaient l'amour, les doutes et les interrogations s'envolaient. Lorsqu'il allait et venait en elle et qu'elle l'encourageait à aller plus vite, plus profond, plus fort, il oubliait la ferme de la banlieue de Rome qu'il n'avait jamais voulu revoir. Lorsque son corps s'arquait, se tendait, qu'elle gémissait et posait les pieds sur ses épaules pour mieux le sentir, il ne pensait plus à ce nom originel qu'il ne pouvait pas prononcer. Lorsqu'elle lui haletait qu'elle allait venir, qu'il se retenait, que finalement elle explosait en criant son prénom, il n'était plus hanté par ce cœur maternel qui plus jamais ne battrait.

Il cria à son tour, le corps secoué de spasmes. Puis ils restèrent là, alanguis dans les bras l'un de l'autre, reprenant leur souffle dans le murmure des vagues.

Elle planta dans le sien son regard bleu intense, qui faisait partie intégrante de l'histoire de sa vie.

— Dario, murmura-t-elle en lui caressant la joue. Je t'aime.

Alors, le monde vola en éclats.

15

Lyssia n'avait pas pu se retenir. Parce que la vérité était qu'elle l'aimait, et qu'elle était certaine que le seul moyen d'avancer était de s'autoriser à l'aimer. Librement. En plein jour. Sans réserve.

Elle éprouvait de la peur, bien sûr, mais elle avait passé toute sa vie à se retenir par peur. Peur de se retrouver à nouveau seule, mal aimée.

Elle n'allait pas se retenir, plus jamais. Il n'y avait pas de place pour la peur quand on aimait comme elle aimait Dario.

Il avait perdu sa confiance en l'amour. Il doutait de son pouvoir, et même de son existence, car il avait été pour lui synonyme de trahison. Lyssia s'était assigné comme mission de lui prouver que l'amour pouvait être bien réel, stable, durable, bienfaisant.

L'amour n'était pas l'ennemi. C'était la peur.

Dario ne disait rien. Il faisait comme s'il n'avait pas entendu. Lyssia ramena ses genoux contre sa poitrine et les entoura de ses bras.

— J'ai dit que je t'aimais, insista-t-elle.

— J'ai entendu, dit-il d'une voix dure.

— On ne dirait pas...

— Ça appelait une réponse ?

— Il y a une réponse habituelle.

— Je t'ai dit ce qu'était l'amour pour moi. Ou plutôt, ce qu'il n'était pas. Dans ce domaine, je ne suis pas la personne que tu cherches.

— Je ne cherche rien, je t'offre de l'amour. Tu peux le prendre ou le laisser posé là, mais cela ne change rien au fait que je t'aime.

Il avait l'air perdu. Triste et désespéré.

— Pourquoi ? Pourquoi m'aimes-tu ?

— L'amour ne s'explique pas, Dario, il se ressent. Mais je vais essayer. Je t'aime parce que tu m'as fait découvrir des aspects de ma personnalité que je ne connaissais pas, des recoins de mon âme, et que tu m'as rendue meilleure, plus profonde. Je t'aime parce que tu es bon, généreux, fort dans l'adversité et que tu sais aussi te montrer doux. Je t'aime parce que tu as éveillé mon corps au plaisir et au désir. Je t'aime parce que je vais devenir mère grâce à toi. Je sais que je t'aime parce que je ne peux pas m'éloigner de toi, que je ne peux pas vivre sans toi. Tu es la personne la plus importante de ma vie. Je le sais depuis longtemps. Depuis toujours, même si je t'ai fui. Je sais ce que tu as vécu. Je sais ce que tu as surmonté. Je sais que ce ne sera pas facile. Je ne te demande donc rien. Je donne, c'est tout.

— Qui aime quelqu'un sans recevoir d'amour en retour ? lança-t-il, presque hargneux.

— L'amour n'est pas une transaction. Il n'est pas conditionnel. Il ne s'agit pas d'en donner seulement quand c'est facile. Ce n'est pas ce que la vie t'a appris, et j'en suis désolée. Mais moi, je ne t'aimerais pas seulement quand c'est confortable et commode. Je t'aime pour tout ce que tu es, totalement et inconditionnellement.

— Qu'en sais-tu ? Tu es très jeune, *cara*.

Il avait dit cela d'un ton tellement dédaigneux qu'elle

compris que c'était de la provocation. Il la repoussait, et elle n'allait pas se laisser faire.

— C'est peut-être ce dont tu as besoin. Quelqu'un d'assez jeune pour avoir encore de l'enthousiasme et ne pas avoir peur. Je sais qu'il va falloir beaucoup d'énergie, mais j'en ai à revendre. Je ne peux pas te cacher cette partie de moi-même alors que nous allons avoir un enfant et que je vais tout lui donner. Je ne peux pas être entière avec lui et pas avec toi.

Lyssia le fixait droit dans les yeux. Il était visiblement ébranlé, pourtant il secoua la tête :

— Tu ne sais pas de quoi tu parles...

— Je sais ce que j'ai à donner, et je sais que c'est suffisant. Tu ne peux t'en prendre qu'à toi-même, après tout ; c'est toi qui m'as donné confiance en moi. Il y a quelques mois, je n'aurais jamais pensé que mon amour pouvait être un cadeau. J'aurais même ri d'une telle idée : l'amour d'une potiche riche et stupide, un cadeau ? Quelle blague ! Grâce à toi, j'ai une meilleure estime de moi-même. Je sais que je mérite plus, parce que nous ne sommes pas définis par nos souffrances, par les épreuves que nous avons traversées, par ce que nous avons perdu. Nous avons tous droit de voir grand et nous avons tous droit à l'amour.

— Je n'ai pas besoin d'amour, martela Dario.

— Tu te trompes. C'est la seule chose dont tu as besoin, au contraire. Tu as des milliards, et tu ne peux toujours pas te confronter au garçon que tu étais à Rome. C'est la seule partie de toi-même que tu n'as pas encore réparée, Dario : ton cœur. Laisse-moi t'aider.

— Lyssia, tu m'offres quelque chose dont je n'ai tout simplement pas besoin. Cela n'a rien à voir avec toi, qui tu es, le fait que tu n'aurais pas été à la hauteur, pas assez ceci ou trop cela. C'est moi. Je n'en ai tout simplement pas besoin. Et je n'ai pas besoin de l'entendre à nouveau. Je ne peux pas.

Sur ces mots, il se leva et se dirigea vers la villa, nu, à chaque pas rejetant un peu plus ce qu'elle lui avait offert.

Lyssia se leva et gagna la plage. Pieds nus dans le sable tiède, elle réfléchit à la scène qui venait de se dérouler. Ils étaient mariés. Elle connaissait Dario : il n'allait pas la quitter. Mais il allait s'éloigner d'elle. S'isoler. Faire de lui un étranger.

Les deux semaines de lune de miel sur cette île paradisiaque ne se passèrent pas exactement comme elle l'avait prévu. Lyssia s'était imaginé qu'elle ne verrait peut-être plus Dario du séjour : au contraire, il lui faisait l'amour plusieurs fois par jour. Ensuite, il s'éclipsait. Ils ne parlaient guère que pour échanger des informations logistiques. Lyssia s'en contentait, permettait cette distance. Elle se disait que c'était ainsi que Dario s'apaisait, se connectait à elle et, du moins elle l'espérait, à lui-même et à ses émotions.

Elle le prenait également comme un test pour sa volonté et son endurance, au cas où Dario continuerait à rejeter son amour. Car comme ils ne se sépareraient jamais, elle ne pourrait jamais commencer le cycle de la guérison. Elle serait condamnée à l'aimer, seule, sans espoir. C'était ce qu'elle avait offert à Dario, mais elle l'avait fait en espérant qu'il finirait par changer d'avis.

Or plus les jours passaient et moins cette probabilité semblait pouvoir se réaliser. Et lorsqu'ils quittèrent Tahiti, la situation n'avait pas évolué d'un pouce.

Ils avaient emménagé dans une maison en plein centre de Manhattan, où ils partageaient l'espace, mais pas leur vie. Une semaine s'écoula, puis deux, puis un mois, puis deux. Ils se parlaient toujours aussi peu. Lyssia avait l'impression d'avoir perdu le contact avec une grande partie de Dario, perdu la connexion qu'ils avaient en dehors du sexe – celle qu'ils avaient toujours eue.

Elle lui avait donné la date et l'heure du rendez-vous pour l'échographie qui devait permettre de déterminer le sexe du bébé, en précisant qu'il pouvait venir au rendez-vous s'il le souhaitait. Elle n'avait pas reçu de réponse, mais lorsqu'elle arriva au cabinet médical, il était déjà là, l'air sombre, comme s'il était un orage sur le point d'éclater et de libérer ses éclairs.

— Je ne m'attendais pas à te voir, dit-elle.

— Tu m'as invité. Cela m'a surpris.

— Pourquoi ? Ce n'est pas moi qui ai rendu la situation bizarre. J'ai juste dit que je t'aimais. C'est toi qui es devenu distant et qui as arrêté de me parler.

— Et c'est toi qui t'es énervée quand je t'ai dit que je ne pouvais pas te donner en retour ce que toi tu m'offrais. Tu es en colère.

— Je voulais que tu sois là, c'est tout.

Ils ne purent poursuivre leur discussion, car on vint les chercher. Lyssia se déshabilla et s'allongea en sous-vêtements sur la table d'examen.

Quand le bruit familier emplit la pièce, Lyssia retint son souffle, comme les fois précédentes, dans l'attente des battements du petit cœur, de la preuve que son bébé était toujours là. De temps en temps, elle le sentait un peu bouger désormais. Elle avait choisi de ne pas partager ces moments avec Dario. En ce sens, il avait raison : elle lui avait proposé de continuer à l'aimer comme si de rien n'était, mais le silence de Dario l'avait progressivement blessée.

Les battements se firent entendre, et Lyssia vit le profil de leur bébé. Dario semblait pétrifié, l'air impénétrable.

— Oh ! Il est là ! s'exclama-t-elle.

— *Il* ? demanda Dario, une expression confuse sur le visage. C'est un garçon ?

— J'ai juste un pressentiment, expliqua-t-elle. Mais nous ne savons pas encore.

— Si, intervint l'échographiste. C'est bien un garçon.

Lyssia sourit.

— Je le savais. Je savais que je portais ton fils.

Dario se leva, pâle comme un linge. Puis il quitta la pièce sans un mot.

Dario était planté dans la rue au milieu de la foule qui devait l'éviter, le contourner. Il regardait en l'air, vers le sommet d'un gratte-ciel. Il revivait les sensations de son arrivée à New York, alors qu'il n'était encore qu'un adolescent perdu dans le mouvement, perdu dans la folie et la démesure de cette ville. Et qu'il avait peur.

Il revivait les sensations qu'il fuyait depuis vingt ans.

Un fils...

Un petit garçon aux yeux sombres qui lui ressemblerait.

Cette nouvelle avait tordu son âme, l'avait déchiré en deux de l'intérieur.

Il allait devoir revenir sur son passé et affronter ses peurs au lieu de les fuir. Pas moyen d'y échapper. Il avait pris la décision de s'occuper de son enfant dès qu'il avait appris la grossesse de Lyssia, mais ce n'était pas suffisant. Il n'était pas encore à la hauteur de ce défi.

Il devait démolir ses murailles intérieures. Il n'avait pas d'autre choix. Il devait tout démolir.

Or la seule façon d'y parvenir était d'accepter de devenir vulnérable, et cette pensée lui rongeait les entrailles. Lyssia et lui habitaient dans une belle maison, qui pourrait devenir un foyer heureux. Mais il avait déjà connu cela, enfant. Et ce bonheur lui avait été arraché. Cela avait été affreux, monstrueux d'aimer sa mère comme il l'avait aimée et de la perdre ; d'aimer son père et de le voir l'abandonner.

Pourrait-il aimer Lyssia ? Pourrait-il aimer son fils ? Si oui, cela suffirait-il ?

Les bruits de la ville se fondaient en un brouhaha effrayant. Il avait du mal à respirer. Il avait du mal à réfléchir. Il se mit à marcher, à errer dans les rues comme un enfant perdu, abandonné. Pourquoi se sentait-il comme un enfant perdu et abandonné ?

Il était redevenu le garçon qu'il avait toujours été.

Raphael.

Il repoussa ce prénom. Cette partie de lui-même.

Raphael.

Il redevenait lui-même. Il ne fuyait pas. Il était dehors, seul, abandonné.

Son instinct le poussa à se retourner. Alors il la vit, qui marchait sur le trottoir dans sa direction.

Lyssia !

Toujours là pour lui, même quand il ne le méritait pas.

— Dario, qu'est-ce qui ne va pas ?

— Un fils. Je vais avoir un fils, et je le décevrai. Je te décevrai. Je vais échouer, je... Mon père aimait trop ma mère. Il n'a pas supporté qu'elle meure. Comment puis-je être un bon père et un bon mari ?

— Ce n'est pas l'amour qui a failli quand ton père t'a abandonné. Ce n'est pas l'amour qui était faible. Et au fond de toi, je pense que tu le sais.

— Il ne m'aimait pas ? Pas vraiment ?

— Ou peut-être ne s'aimait-il pas lui-même. Peut-être ne voyait-il pas d'autre solution. Mais c'est sa peur qui a gagné, pas son amour. Et ce n'est pas son amour pour ta mère qui l'a conduit à se séparer de toi. Tu crois vraiment qu'il aurait pu abandonner le fils d'une femme qu'il avait vraiment aimée ? Et puis l'amour n'a pas besoin d'être parfait, tu sais. Il doit simplement durer. Mon père m'a toujours aimée, même si c'était de travers parfois. Et regarde, je vais bien.

Tout en Dario tremblait, comme si un séisme intérieur le dévastait.

— Je t'aime, souffla-t-il. Je t'aime, mais j'ai... j'ai peur. Parce que je me sens plus proche que jamais du garçon que j'ai été. Je me sens en danger, sur le point de tout perdre.

— Tu as toujours été ce garçon. C'est ce garçon qui t'a amené où tu en es aujourd'hui. Ne le déteste pas. Il a été assez fort et courageux pour faire de toi l'homme que tu es devenu. L'homme que j'aime.

— Je t'aime, Lyssia.

— Cela a plus de sens de le dire ici, n'est-ce pas ? Dans la rue ?

Il acquiesça.

— Cela me rappelle l'époque où je... je...

Il prit une grande inspiration puis la regarda droit dans les yeux avant de poursuivre :

— J'ai passé exactement trois cent soixante-sept jours dans la rue. Tous les soirs, quand je me couchais, j'avais peur.

— Oh ! Dario...

— Je rêvais d'un lit, mais je n'en avais pas. Je rêvais qu'on m'aide, mais personne ne m'aidait. J'avais froid, j'avais peur, j'étais seul. Et j'étais rongé par la haine que je vouais à mon père. Je savais qu'il ne me sauverait pas, alors j'ai trouvé la force de me sauver moi-même.

— Dario, notre fils n'aura jamais besoin d'être secouru. Nous serons là.

Oui, ils seraient toujours là, son instinct le lui affirmait, son cœur en avait la certitude absolue. C'était l'amour. Et cela l'avait été, dès lors qu'elle avait renversé le café dans son bureau, qu'il avait vu la femme qu'elle était devenue et que cette révélation l'avait changé sans qu'il s'en rende compte. C'était l'amour et il avait infusé lentement au cours de toutes les années qui avaient suivi.

Lyssia Anderson était la seule à le connaître.

Et maintenant, il est temps, se dit-il, apaisé.

— Je suis né Raphael Vicente. J'ai prononcé mes vœux de mariage en tant que Dario. Je les renouvelle en tant que Raphael. Je resterai auprès de toi, je t'honorerai et je t'aimerai. De tout mon être.

Un sanglot la secoua et elle se jeta dans ses bras.

— Raphael, murmura-t-elle. J'ai l'impression de t'avoir toujours connu, comme j'ai toujours connu Dario.

Il la serra contre lui, submergé par les émotions.

— Parce que tu étais la seule à me regarder et à voir la vérité. La vérité nue et entière.

Elle lui sourit à travers ses larmes.

— C'est réciproque. Tu m'as vue alors que moi-même, je ne me voyais pas.

— Tu as la délicatesse rafraîchissante d'une pluie d'été, Lyssia, et tu es aussi un ouragan. Tu es tout. Tu es à moi, et je suis à toi. Avec toi, je perds le contrôle et cela ne m'empêche pas de me sentir plus fort, plus solide, ancré. Avec toi, je n'ai plus peur. Ni de l'amour, ni de l'avenir, ni de ces trois cent soixante-sept nuits. Avec toi, il n'y a que l'amour. Pour toujours.

Elle hocha gravement la tête, puis elle lui prit les mains comme pour lui faire un serment éternel.

— Je resterai toujours à tes côtés. Je te le promets.

Elle se hissa sur la pointe des pieds et pressa la bouche contre la sienne.

À cet instant, Dario comprit qu'il n'aurait plus jamais besoin de rien, sauf de l'amour qu'ils partageaient et partageraient à jamais.

Épilogue

Lorsque leur fils naquit, la joie, la plénitude et l'amour que Lyssia ressentit changèrent le monde autour d'elle, le monde entier, et elle sut que plus rien ne serait jamais pareil.

Dario et elle se perdaient dans la contemplation béate de ce petit garçon aux cheveux noirs et aux yeux sombres, comme son père.

— Tu as déjà pensé à un prénom ? lui demanda-t-elle, brisant le silence complice qui les enveloppait.

— Je... j'aimerais l'appeler Raphael.

Aussitôt, les larmes lui montèrent aux yeux.

— C'est vrai ? Ce ne sera pas trop douloureux pour toi ? s'inquiéta Lyssia.

— Je veux changer l'histoire. L'histoire de Raphael. Grâce à l'amour. Il sera toujours aimé. Il sera intelligent et ingénieux comme sa mère et comme son père. Mais il n'aura pas à se battre pour survivre. Il n'aura pas à lutter. Et quand il y aura des difficultés, nous serons là pour lui. Nous commettrons des erreurs, car l'amour n'est jamais parfait. Mais l'important, ce n'est pas la perfection, c'est l'amour. Et le nôtre est le plus puissant, le plus profond et le plus intense qui soit.

— Oui, murmura Lyssia, bouleversée au plus profond de son âme.

— Et l'amour brille tellement plus fort que la peur ! ajouta-t-il en l'embrassant dans le cou.

— Raphael Rivelli… Ça sonne bien ! Et pour son deuxième prénom ?

— Nathan, affirma Dario.

Lyssia sourit.

— Raphael Nathan Rivelli. Un hommage. À la vie que tu aurais dû avoir et à l'homme qui nous aime tous les deux.

— Je suis tellement reconnaissant à ton père ! Je me demande si j'aurais pu trouver mon chemin sans lui. Sans son exemple.

— Je pense que tu aurais quand même réussi. Mais je préfère que l'histoire se soit écrite avec mon père.

— Ah bon ? Et pourquoi cela ? demanda-t-il d'un ton taquin.

— Parce que sinon, j'aurais été obligée d'épouser Carter, répliqua-t-elle avec humour.

— Impossible ! protesta-t-il.

— Ah bon ? Et pourquoi cela ?

— Parce qu'à la fin, le véritable amour gagne toujours. Et c'est ce que nous vivons : un véritable amour.

Vous avez aimé ce roman ?
Découvrez la suite de votre série
dès le mois prochain dans votre collection Azur !